# 可以錯過時間
# 但我不能 錯過你

也許，會愛上一個人，
是老天要讓我們明白何謂孤單。

OL心聲代言人
雪倫

比失去更難的，是擁有。

# chapter 1 生活裡層層疊疊的機關

「巧漫姊，剛才餐廳打來跟妳確定預約時間，我請他等一下再打。」我一走出儲藏室，就聽到助理妙妙這麼跟我說。

「好！」我這才想起，晚上約了男友樂群吃飯，明明住在一起，但最近兩人忙得不像樣，要約吃飯，還得兩人同時打開手機行事曆，同時確認有空時間，還要同時確定有沒有把約好的時間註記上去。

上個月約了一起吃早午餐，結果樂群確認有空，卻忘記排進行事曆，讓我在店裡等了三個小時，但我不怪他，因為我們的忙碌是為了彼此的未來。

這是和他在一起的第十五年，而我，希望能繼續下一個十五年，甚至兩個、三個，一直到死。

這麼說好像很壯烈。

但愛了一個男人十五年，他也愛了我十五年，我們是彼此的初戀，可能還會是彼此的唯一，想想，在這個感情來來去去，換對象好似在換衣服的時代，我和樂群這段長長的愛情，難道不像是神話嗎？

我也總覺得像夢一樣，所以好珍惜。

於是，我先打去餐廳確認訂位後，再打給樂群，電話響了好一陣子，本想放棄時，他才接起，「怎麼了？」

「晚上老地方吃飯，記得嗎？」

「嗯。」

「那你去忙吧！晚上見。」

「嗯。」

我掛了電話，猜想他這種低八度的口氣，應該是某個新來的助理犯了錯，又讓他火大了吧，自從他的建築師事務所越來越有名，他的脾氣也越來越差。我能理解，他一向對自己要求很高，又怎麼能不去要求下屬。

我面帶笑容，放下電話，妙妙湊了過來，「晚上要跟樂群哥去約會喔？」

「都在一起那麼久了，哪算約會？」

「超強的，十五年呢，妳和樂群哥怎麼還不打算結婚？」

「不急。」嗯……也不能急，更是急不了，我其實很不想繼續這個話題，只好打發妙妙去忙，「妙妙，妳再去訂十件花裙，後天要送去飯店的高架花籃，剛經理打來說要再多十個。」

「喔。」妙妙轉身做事，我還以為可以鬆口氣，結果另一個很愛問我到底要不要結婚的人來了，吳家葦。

她拖著行李箱，推開我花店的門，動作不失優雅卻又非常瀟灑，就跟她的人一樣，很美，卻又讓人抓不住。

「幹嘛這樣看我？」她一屁股坐在我的椅子上。

「妳是要去值班，還是剛下班？」葦葦是空姐，她非常熱愛這個工作，因為她最不喜歡的地方就是台灣，應該是說她家，所以只要能飛出去，呼吸另一個地方的空氣，她就會覺得很自在。

葦葦是國中時搬來我家附近，也正好轉來我們班，由於三姑六婆的七嘴八舌，我當天就掌握到她爸嗜賭成性，都是她奶奶在幫她爸還債，還要葦葦別怪自己的父親，他以前真的很好，只是死了太太，才會一時振作不起來。

我媽要我拿採收好的番茄去給她奶奶時，我親眼看到葦葦的父親硬從她奶奶口袋裡搶走所有現金，奶奶求她爸至少留一千塊給她們祖孫過這一星期，但她爸還是甩門而去，然後葦葦冷笑著對我說的第一句話是：「妳不覺得我奶奶很扯嗎？為什麼要生兒子來害孫女？為什麼死的不是我爸，是我媽？」

後來我們變成好朋友，因為我的處境也沒有比她好多少。

自從奶奶死掉後，她爸用各種方法改跟她要錢，葦葦為了避開她爸，甚至改了母姓，從蔡家葦變成吳家葦，她拿到新身分證的第一天，就是拿酒瓶把她爸的額頭砸了一個洞，「如果他不是我奶奶的兒子，我真想殺死他。」

那天，我抱著葦葦，她在我的懷裡哭了很久。

此後，葦葦變成身上有好幾雙翅膀的女人，想飛去哪兒就飛去哪兒，沒有人能留下她。

我們一直有人陪伴，只是我的對象只有一個，而陪伴葦葦的人數量多了點，時間短了些，短至三個小時，長則半年？我也忘了，甚至到後來，我都懶得再問她現在跟誰在一起，因為我根本來不及記住。

「我決定要去法國住一陣子。」她說。

「什麼意思？」我有些傻眼，「工作呢？」

「就談好休息一陣子再續約，反正合約也剛好到期了。」

「你們公司願意？」

「不願意我就去別的公司囉！妳以為現在還有很多人愛當空姐喔。」

「沒事去法國幹嘛？」

「就不想在台灣啊！」

「妳爸又跟妳要錢了？」

「不是，是我剛剛差一點結婚了。」

「啊？」我差點拿手上修剪花材的剪刀來修剪我自己。

我第一次看到葦葦這麼苦惱的表情，「到底是怎麼一回事？」她看了我一眼，掙扎了一會才娓娓道來。

她最近遇到不錯的對象，人帥又有事業心，重點是個孤兒，因為她真的不想再養誰的爸媽。兩人交往了一年多，感情不錯，而那個男人昨晚向她求婚，還說連新房都買了，葦葦一時感動，便答應了。

但沒有想到早上兩個人要去登記的時候，葦葦退縮了，直接把戒指還給她男朋友，還順便提了分手。

「妳瘋了？」我傻眼。

「我也覺得我瘋了，幹嘛接受他的求婚！」葦葦說完，我更傻眼。

「妳真的是……」

「巧漫！我跟妳不一樣，我知道自己不是能安定下來的女人，更不要說還有我爸那個垃圾，誰娶我誰倒楣好嗎？而且我真的不想結婚，妳才是該結婚的人，妳那麼好、那麼有旺夫運，高樂群不也是跟妳在一起才發的嗎？」

「我們不會結婚。」說這話的同時，我的心狠狠一揪。就算我很想結婚，也不可能對樂群開口，那個坎太難跨過了。

「他媽到底要煩多久？」

「葦葦！」我不想聽。

「好，不說！所以我那時候就不看好妳跟高樂群，不要忘了，以前大學時，那些學妹學姊叫他什麼？王子耶，他爸是上市公司董事長，媽媽怎麼看得上我們這種普通女孩？不，我們不普通，我們家庭多不普通。」

「噓。」我比了噓，因為我實在不再想聽下去。

「好，不說！但我真的覺得高樂群也是沒 guts，他媽要你們分手，不然就斷絕母子關係，他就應該砸了他家客廳那個青花瓷花瓶，嗆他媽說『斷就斷』，怎麼會是妳出面，弄得他媽說要交往可以，但不能結婚。什麼狗屁道理！就是有這種婆婆，台灣離婚率才會這麼高。」

「妳有什麼資格說人家，妳都還沒結就跑了。」

我沒好氣地瞪了她一眼，她笑著過來抱抱我。

「心疼妳不行喔！高樂群也真的是，難道只因為他媽這麼說，就真的打定主意只交往不結婚？妳想想他媽那種古板傳統的人，怎麼可能不要孫子？欸，高樂群獨子耶。」

我真的是越聽越心煩，「妳今天是來跟我告別，還是來惹我生氣？」

她笑著親我一下，「有什麼好告別，反正妳就在這裡，我只是想跟妳說，有空去我家幫我看看，雖然我有聽妳的話，拔插頭、斷電源，但我就是沒妳細心嘛！」

「不去。」太多次撞見她男友待在她家，不是睡覺就是洗澡，前年一個外國人還裸體，我差點沒嚇死。

「放心啦，不會有男人，我現在單身，要也是去法國才會再有，拜託啦！可以的話，幫我打掃一下啦！」

「妳才是惡婆婆。」我真受不了她，但又很愛她。

「所以我最好別結婚生子，不然不知道有多少無辜的人要受牽連。」

別人聽她這麼說，會覺得有這麼嚴重嗎？但她這麼說，我卻完全能夠理解。一個家庭只要出一個會扯後腿的人，生活便很難再叫作生活，生活就是負擔。我爸死了，就剩我媽一個，好像沒什麼好想太多的，但錯了，一個家庭裡不只有父母，還有那些你不想承認的親戚。

講到家庭，真沒有什麼好再多說的了，我嘆了口氣，問她，「幾點飛機？」

「不知道，去機場再說，以我的人脈，要有位置很難嗎？」她得意的呢。

我推著她，「好，那妳可以走了，自己注意安全。」她點點頭，我們不是第一次分別，不必十八相送。沒有男人可以抓住葦葦，更何況是我這個朋友，我們都是獨立的個體，只在需要彼此的時候出現。

葦葦轉身要走時，又忍不住轉身，突然表情一變，有些不安地問我，「巧漫，告訴我，我拒絕他是對的！」

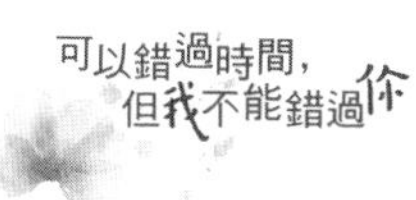


「但妳的答案跟我的未必相同。因為我知道妳對這個男人和之前的不一樣，我第一次看到妳猶豫了，第一次看到妳為了一個男人暫時放下工作，第一次看到妳為了一個男人遠走高飛……」我說著說著就見葦葦表情一頓，知道自己說中了，但我也知道她不會承認，吳家葦從不承認自己愛誰。

「閉嘴，我走了，我要好好去休個假！」她不讓我說，就代表我說的是對的。

「自己小心。」

「妳才要小心，拜託妳省點力氣對自己好，不要他媽一通電話打來，又要召見妳。」所謂的好友就是會拿妳最痛的地方來刺激妳，當妳痛到麻痺的時候，不管別人怎麼對妳，都不會那麼痛了。

這種玩笑，我開得起。

葦葦再度擁抱我後，便拉著行李離開。她喜歡到處跑，她說四處為家之後，每個地方都是她的家鄉，她就不會有想家的時候，所以飛得越遠越好。我不知道她什麼時候會再飛回來，但我知道，她一定會調整好了才回來。

吳家葦就是這種女人，不喜歡擔心別人，也不需要別人擔心她。

我才剛目送她的背影離去，桌上的手機又響了，我看了一下來電顯示，只能說吳家葦就是個臭嘴。

高樂群他媽真的打來了，這星期第五通電話，而今天才星期三，她兒子年紀越大，她打給我的次數就越多。

「高媽媽。」

「現在過來一趟。」

「但我還有訂單要出。」

「馬上。」她吼了這兩個字後，掛掉。

我想到她昨天打來哭訴兒子浪費多少青春在我身上，鬼哭神嚎了整整半小時，我就覺得心裡很毛，不曉得直接去到她的戰場，她會花我多少時間？於是我喊來妙妙，請她暫停手上的雜務，和我一起先處理訂單。

見到高媽媽，已經是三個小時後的事了。

我一走進去，她就開始發飆，「我叫妳來都多久之前的事了？現在才來，搞什麼鬼？」我微笑，說了聲，「對不起！」

高媽媽火大地轉身朝我吼。

「對！妳就是對不起我，也對不起我兒子，到底還要拖著我兒子多久，妳到底什麼時候才要放過他？」她把樂群的報導丟到我眼前，「妳看，他還上了週刊專訪，現在正火紅的建築師，前途一片光明……」

我自動放空，看了一眼封面的小角，的確是我男朋友，我對這一類所謂「名聲」的事情不是很在乎，他有沒有名氣，不影響我愛不愛他，所以他的訪問或是建築師事務所的發展，我不會特別過問，除非他親口跟我說。

「妳到底要不要跟他分手？」我聽到耳朵都長繭了。

「高媽媽要喝茶嗎？我去泡。」我轉身要去廚房，想當作沒聽到，我每一次也都當作沒有聽到，但這次高媽媽卻直接拉過我，把我推倒在地上，讓我有些傻眼，「放過我兒子啊！到底還要霸占我兒子多久！」

我抬頭看著她，有些生氣，但我忍了下來，即使她今天這麼無理取鬧，我也不想怪她，因為她是我深愛的男人的媽媽。

我緩緩起身，「高媽媽，妳今天可能不想喝茶，那我先回去了。」

偏偏她又攔住我，「妳今天不說要跟我兒子分手，我就跟妳沒完沒了！」我實在是很怕她要跟我沒完沒了之前，會激動得先昏倒。

「高媽媽，改天再說。」

「不准走！」她又一次把我推向玄關的櫃子，我撞到了腰，有點痛，但我還是不想怪她，「高媽媽再見。」我說，兀自往門口前進。高媽媽這次不推我了，而是直接扯了我的頭髮，也扯掉我的理智。

我從她手中拉回我的頭髮，盡量保持平靜地說：「高媽媽，除了我家背景外，我有哪一點配不上妳兒子？妳看到的是妳兒子現在的風光，但他失業、創業失敗的時候，是我陪他走過來的，我對他十幾年的愛和付出，難道這樣還配不上妳兒子嗎？」

「妳只有重新投胎才有可能配得上他。」高媽媽斬釘截鐵地說著。

我突然笑出來。

「妳在笑什麼？」

大概是剛才那一扯也扯掉了我的耐心，我說得很直接，「沒什麼，只是覺得好笑，到底高家有多了不起？我知道高爸爸是董事長，但我在我的小小花店也是執行長，我也有我自己的事業，憑什麼說我配不上妳兒子？」

「妳現在是在跟我大聲嗎？」

「聽不出來嗎？」

「我就說妳這種背景的女人上不了檯面！」

「那動手的女人又上得了什麼檯面？」

「妳！」

「高媽媽，除非妳兒子說要跟我分手，不然，我就是會愛他一輩子。」我說完轉身離開，當我踏出高家大門的那一剎那，我其實後悔了，我剛剛應該讓高媽媽扯光我的頭髮，這樣樂群才會比較同情我。

我真的後悔了，因為我衝動的同時，忘了高媽媽應該會馬上秒打電話給她兒子哭訴，說我這種背景的女人就是沒有教養、沒有知識、沒有風度，趁這機會要他跟我分手。

我都忘了高媽媽的套路。

我掙扎著要不要打給樂群，但不管我現在打還是晚點打，我的速度都比不上高媽媽。我重重地嘆了好大一口氣，覺得好累。望著有些灰暗的天空，希望等一下吃飯的時候，和樂群別再因為這樣吵架了。

只是，我每次想的都和現實發生的相反。

首先，我沒有回花店，而是直接回家好好洗了個澡、換了衣服，剛才撞到玄關櫃子時勾破了褲子，雖然我覺得如果穿破褲子去，比較容易被可憐，但我要的不是另一半的同情，而是愛情，我一直想要的都只有愛情而已。

我好好地打扮一番才去餐廳，從六點半等到八點半，才看到樂群匆匆進來，坐到我的面前，拉開領帶，煩躁地喝了口水。最近我們吃飯，他都是這種倉促模樣。

「吃牛排？我幫你點？」

「隨便。」他邊回答我，邊滑開手機，很專注地傳訊息，打給廠商、打給助理、打給工頭，他在喬各種事情的時候，我點了餐，先請服務生幫他上湯品，他喜歡吃飯前先喝湯。熱咖啡也可以先出，因為他喜歡一口喝乾，我常常擔心他會燙死。

他又邊吃邊講電話，我就看他邊吃邊講電話，我想到高媽媽，難道是我想錯了？她還沒有打給樂群？不然樂群怎麼還沒抱怨我為什麼又和他媽媽吵架了？我小心地看著樂群，他抬頭看了我一眼，用唇語問我。

「怎麼了？」

我搖搖頭，對，是我失算了，他看起來就像是還不知情，我有些鬆了口氣，但看著他忙碌的樣子，從進來餐廳到現在，我們的對話不過兩句，我心裡其實有些失落，可是我不能失落，因為是我支持他創業的，是我願意站在他的夢想後面，他就像高媽媽說的，正在發光發亮，我怎麼能夠阻止他？

我不能反悔，但其實我常常忍不住反悔，

我想不只是我，這世界上，有很多人跟我一樣，常常會忍不住反悔。有時做了一個決定，但過沒兩、三天又後悔，決定不要了、不做了，就像要不要改造我的小小花店，我一下決定要整修，一下又想先緩緩，一下還想把隔壁租下來打通，一下又怕只有我和妙妙兩人吃不消，就這樣來來回回七年，我的小小花店，至今還是小小的一間。

就這樣看著隔壁店面從通信行改成飲料店，再改成雞蛋糕店和冰店，最近又空在那裡了，我那想承租下來的念頭又冒出頭，畢竟我和樂群兩年前才一起買了新房，打造我們自己的家，兩人頭期款各付一半，每月貸款平均分攤。

看著眼前連吃頓飯都那麼辛苦的樂群，我那股想拚一下的衝動又來了，如果店改大一點，再多請兩個助理，或許我們能早點結束房貸的壓力，這就是傳說中家的重量，背在你的身上，想到會微笑，但看到存摺會想哭。

好不容易樂群才訓斥完工地的工頭，掛掉電話，我馬上開口問他：「你覺得好嗎？我再把隔壁租下來？」

「又問這個？妳每年至少要問個三次。」他漫不經心地說著，眼神仍在手機上。

「我就想說多賺一點啊，剛好冰店不想營業了，房東有先問我。」

「不用了，我就說貸款我付就好了，妳又何必一定要分攤，我現在賺的比較多，妳幹嘛讓自己那麼辛苦。」

「我喜歡一起辛苦。」我說。

他看著我，只是一笑，沒再說什麼，然後他手上的手機鈴聲又響了，他看了眼手機螢幕後，馬上抬頭看我一眼，我心一抖，從他看我的眼神，想也知道是誰，高媽媽是猜到了我們難得一起吃飯，正好打來掃興。

我沒有說話，他重重地嘆了口氣，拿著手機往外走。他是夾心餅乾，不只夾在我和他媽之間，還有一個我媽，其實高媽媽並不是多討厭我這個人，她不喜歡的人是我媽，我那個世界無辜的媽媽。

我真的不能理解，為什麼不能戀愛歸戀愛，高樂群歸李巧漫就好？

十五年的戀愛雖然很長很長，但我永遠不會忘記，我們是怎麼相愛到現在的，念大學時，我們因為科系聯誼而認識，他建築系，我景觀學系，從大二開始交往到現在，算算也有十五年了，不知道為什麼，追求我的人不少，喜歡他的人也滿多的，但我們從沒想過要變心，連一秒都沒有，最年少輕狂的時候沒有，最飽受挫折困難的時候，他仍緊牽著我的手，大聲地告訴他媽媽，「妳再不喜歡巧漫，我也不會和她分手。」

然後，不孝子就被趕出家門，當完兵後，住在我不到三坪大的套房裡。失業了一年，覺得念那麼多書，沒有爸媽的人脈幫忙，人生無望。我曾告訴他，不如分手，你重新回到那個家，但他不肯。我們擁抱彼此，走過低潮，在他決定先到便利商店上大夜班後第三天，收到大型建築師事務所 Square 的錄取通知。

我永遠都忘不了兩人在套房裡抱頭痛哭，哭到有人報警來關切，以為我被家暴，但其實也沒錯，我們本來就被現實狠狠地以暴力對待，但總算能有鬆口氣的時候了，樂群有了穩定的工作，便支持我自己創業，畢竟我常因為長太美，三不五時被職場霸凌。

對，我沒有說謊。

「欸，她那麼漂亮是不是整的？」不是，天生的，我從小就天生麗質，但這不是我的功勞，是我媽，因為我是混血兒。

「公司男生會不會對她太好，還幫她買飲料。」但我沒有叫他們買啊！要不要試試一天拿到五杯珍珠奶茶的心情會如何？不敢轉請其他同事喝，怕被說不喝的才請我們，或是我請她的怎麼可以給別人喝？最後我只能提著飲料回家，樂群那時候一個月胖了五公斤。

「她能升組長肯定是因為長得漂亮，經理特別疼她啦！」不是，是妳們在說別人八卦的時候，我為了讓客戶滿意，正在修被客戶退的第七次設計稿。我可能也正在馬路上奔跑，就是為了幫妳們擦屁股，趕著去向妳們的客戶道歉，這樣我不升職，妳們升職的話，還有天理嗎？

在下一次我要升主任前，遭不少女同事連署抗議，說我和部門經理有曖昧，但經理對我來說就是個五十幾歲的好前輩，我們下班後連一次電話都沒有通過，卻被傳成這樣，我可以感受到經理的為難，於是我向經理遞了辭呈，他一臉歉疚地對我說對不起，我看到他自責的臉，心裡很難過，為什麼說對不起的人，常常不是做錯事的人？

這個問題，我得不到答案。

那天樂群要忙著做模型，我沒有找他哭，只能打給葦葦，跟她說了這件事，想約她喝酒消氣，但她不准我喝，因為我喝酒很容易鬧事，一碰上酒精就會發瘋，所以我不敢酗酒。她叫我在麻辣鍋店等一下，等到我覺得不對勁時，就收到八婆傳來的道歉簡訊，然後葦葦出現在我面前。

原來，她去把那些八婆罵哭了，明明那麼委屈，卻一瞬間氣消。那個晚上，我們喝了四瓶百事可樂，吃了四小時的麻辣鍋，討論為什麼那些人要這麼在意我的人生，比在

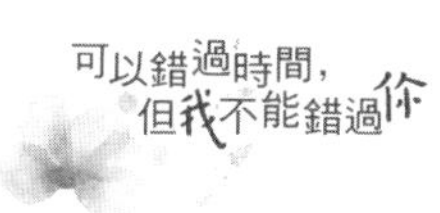


意自己的更多？我不能理解，我也沒空理解，因為吃完麻辣鍋，我想起自己失業了。

我花了幾天評估，也和樂群商量後，決定自己開間小小花店，而且堅決不要有同事，請個助理來幫我送送花、處理雜事就好。

開業一年後，生意算是穩定，直到某個男演員在我這裡訂了束花向歌手女友求婚，那束花和鑽戒就這麼被 PO 在 Instagram 上，鑽戒大家買不起，但買束花還是行的，我的小小花店就這麼莫名其妙爆紅了，一度請到三位助理，只是後來覺得這樣不行，第一太累，第二無法兼顧品質，便改成預約制，回到一人一助理的狀態。

每張訂單不要匆匆忙忙，花是用來傳遞心意，值得更好的尊重。

但我要說，雖然很感謝那位男演員，但也不得不為女歌手捏把冷汗，畢竟男演員在求婚的前一個月還在追求我，無論如何，我真心希望他們百年好合，只是前兩天滑臉書的時候，看到他們好像分居了。

這些事樂群也都知道，常拿來虧我，「欸，全台灣還有什麼職業的男人沒有追過妳？」「那全台灣還有哪個年紀的女生沒有喜歡過你？」上至四十八歲，下至十八歲，暗戀樂群的女生，可以繞大公森林公園一圈，他風趣幽默、待人體貼，重要的是，他在我眼裡比任何人還要帥，大概是因為他很愛我，他待我好的樣子，是我眼裡最美的風景。

但是他也有他工作的難關，當他所有的設計和創意，掛的從來都不是他的名字時，他灰心、洩氣，說他不想待在 Square 了，決定自己出來開業，我當然無條件支持他，就如同他曾經那麼支持我一樣，只是就像先前說的，暴力的總是現實，聽說 Square 對他自己創業非常的不以為然，於是各方打壓，他就像剛冒出的新枒，被剪去了枝頭。

我們一度放棄，不，不只一度，好幾次苟延殘喘、繼續努力，但到最後還是只能放棄！什麼堅持希望，什麼實踐夢想，當你翻開存摺，之前工作努力存下來的那點錢，正因房租、人事和各種成本耗損，以迅雷不及掩耳的速度消失，你想的只有一件事，就是未來能吃飽就行了。

你只想要活下來而已，好好地活在馬斯洛理論的最底層就好。

於是樂群決定將事務所收起來，雖然心疼，但這也是沒辦法的事，反正我還有花店，至少我們不會餓死。只是怎麼也沒料到，樂群要跟事務所房東解約的前一刻收到了訊息，他得了建築設計大獎，一夕之間，他又活過來了，連夢想一起活過來了。

人生就是生了又死，死了又生這樣，他開心地指著建築雜誌上，他的照片、他的作品給我看，但我根本不在乎那雜誌寫了什麼，我心裡想的，都是自己愛上了一個多麼了

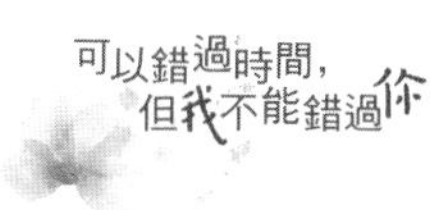


不起的男人，他像是一顆蓄勢待發的新星，等著閃閃發亮。

從他開始出名後，高媽媽對兒子的霸占欲就大爆發，說兒子這麼有出息，該配上更好的女孩，而不是一個越南新娘的女兒。

對，我是台越混血兒，很多人都以為混血兒吃香，錯了，混到東南亞血統就只有一個命運，就是被取笑。

現在好一點，但試想三十幾年前的越南新娘，就是低人一等。

我一直以為他媽媽不喜歡我，跟大部分不喜歡我的女孩原因一樣，覺得我紅顏禍水，但原來她不喜歡的是我的家庭，他媽認為我父親肯定也有問題，都五十五歲了還娶不到老婆，才到越南買個年輕的漂亮姑娘，我的背景，讓他媽非常介意，她覺得我在這個社會，比誰都還要下等。

我懂，我怎麼會不懂，董事長之子高樂群，配上一個高雄果農和越南新娘的女兒李巧漫，對高媽媽來說是多大的打擊。

但誰知道，我父親是多麼努力賺錢，為了先讓兩個弟弟結婚，才錯過自己的姻緣，一直到五十五歲時，被隔壁的三元叔帶去越南幫忙挑媳婦，三元叔問他要不要也挑一個，我父親本來不想，是我媽拜託他娶她，只為了讓她弟弟，也就是我的小舅治病跟念書，父親心軟答應，於是花了二十萬娶了我媽回來。

我小時候這麼一說，很多人都會指正我，不是娶，是買。

我媽很美，來台灣時才剛二十二歲，我看過父親和母親的結婚照，就是很簡單的西裝和白洋裝，我父親種蓮霧，時常在陽光下曝曬，更加顯老，結婚照看起來不像夫妻，反而像父女，其實走出去也是，老是被揶揄，但我父親不在意，也要我媽媽不要在意。

他非常疼愛我媽，常在大家面前誇獎她的好，但其他親戚不這麼認為，總覺得我媽隨時捲了錢就要走。我很想問他們到底是多富有，有必要每天擔心人家要捲他們的錢，還時常在我父親面前嚼舌根，說我媽的壞話。那些人的下場就是被我父親用掃把掃出門，親戚們也不檢討，轉頭惱羞成怒地說我媽賤貨，迷得我父親走火入魔。

這些親戚怎麼都還不死？

小時候見我媽受委屈，我總是有這種想法，電視上的壞人不是應該都會死掉嗎？可是為什麼這些人還活著？媽媽要我不准亂說話，但我不懂的是，為什麼他們可以嘴那麼壞？

我父親沒活太久，在我八歲時就過世了，聽說是在果園摔死的，那些親戚三姑六婆開始亂放話，覺得是我媽下的毒手，為了要詐領保險金，繼承我父親的一切，於是我二叔跟三叔把我媽跟我趕了出來，不讓我們住祖厝，連我爸的好友三元叔也以為是我媽害死我父親，附近沒有人願意把房子租給我們，我們只好住得更遠，我媽每天得要騎腳踏車來回一小時，才能去父親的果園。

當身邊的人覺得你是壞人的時候，就沒有人敢覺得你是好人。

我和我媽就這麼不停地被欺壓，她在採買農藥被人用高價坑的時候，我在學校和女同學打架，因為她們看不起我，就跟他們的爸媽看不起我媽一樣。我媽因為我而被叫到學校，那些老師私下歧視她、侮辱她，「就是落後國家的女人，才會教出敗壞的女兒啊！」於是從那天起，再被欺負時，我從不反抗，因為我再也不想看到我媽被叫來，就算那些難聽的話沒在她面前說，我也不允許。

久了，那些愛欺負我的人便收手了，但不是她們改過向善，是因為新來了一個媽媽是印尼人的女學生，而她不像我一樣會反抗，但會哭得比我大聲，更讓她們感到興奮，這就是社會。

後來葦葦搬來我們家附近，我有了朋友之後，她們更不敢吭一聲。

樂群的媽媽就好像我父親的那些親戚，歧視我的背景，一臉嫌棄地對我說：「我的天啊！妳爸那麼老了還去買越南新娘喔？」

大學時，我第一次去樂群家作客，他在我踏進高家門的前一刻告訴我，他媽媽人很好，於是我便沒有懷疑地掏心掏肺，毫不隱瞞地說完我的故事後，他媽媽對我說的第一句話是：「妳媽是越南人？妳家很窮喔？」

那天，我馬上提了分手，但樂群不答應。

要當兵的前一天，他告訴他媽媽，退伍後要跟我結婚，他媽媽才意識到危機，可能以為大學生的戀愛都不持久，卻沒有想到會是這樣，他媽媽堅決反對，從他當兵開始，我們一同抗戰，他媽來我上班的地方大吵大鬧，說我偷了她兒子，其實也難怪我同事不喜歡我，畢竟他媽媽失手砸珍奶的時候，波及了不少人，一直到樂群退伍，我們還是決定在一起，他媽氣得趕他出家門。

揚言說如果我們私下結婚，那她就去死。

為了讓她活命，最重要的是讓我也能活下來，我去跟他媽說，我們不結婚。

因為我越愛越深，我無法想像失去樂群要怎麼活下去，所以我說，那我們在一起就好，哪一段愛情沒有犧牲？不結婚換來一生的相伴，還是值得。

雖然保持樂觀，但我仍抱持著日久見人心的希望，很努力地工作和生活，就是想證明我也是能為樂群帶來幸福的女人，於是我們活得好認真，我開業，他創業，事實證明，就像葦葦說的，我是個會旺夫的女人。

樂群有了成就，兩年前帶我去看了房子，告訴我，他最大的夢想就是為我蓋一棟房子，雖然他還在努力，但至少可以先買一間屬於兩人的家，他很喜歡我們看的這個建案，雖然有點貴，但他覺得我們兩人住，很值得。

可能是小時候親戚給我的磨練，不管遇上什麼事，我都很少哭，父親離世那天我有哭，第一次和樂群提分手時我有哭，再來就是這次，雖然不能結婚，但他仍允諾了我一個屬於兩人的未來。

我痛哭失聲。

未來既然屬於兩人，我便要求一起支付，我們各出了三百萬，付了頭期，買下屬於我們的家，但這半年來，卻因為彼此工作越來越忙，我們反而睡不了自己的房子，他忙到只能睡事務所，我半夜忙完到家，凌晨又要去花市，上次在家裡碰到他，已經是半個月前的事了。

這時，他接完電話，表情不是太好看地回到位子上，我沒說什麼，把牛肉切了小塊，想餵到他的口中，他撇過臉，有些嚴肅地說：「妳下午和我媽吵架了？」

「嗯。」

「到底吵了什麼？」他口氣很差地問。

「就平常吵的那些。」我淡淡說著。

「妳能不能別和她吵？」他指責的語氣，讓我有些難過。

「可以，但也要她不跟我吵啊！」

「她年紀都那麼大了，妳忍一下不就好了嗎？」

他對我皺了眉，表情像是把錯全推到我身上，我放下刀叉，喝了口水，忍住心酸，「我不是一直忍了嗎？」

「那為什麼還會吵起來？妳就好好地應付她一下不行嗎？嘴巴甜一點，安撫一下她……」

我也很無奈啊！「不是我不願意安撫她，是你媽只要一哭鬧，就沒有給我說話的機會，她並不想聽我安撫，她想聽的是我開口說要跟你分手。」

「不然妳告訴我現在要怎麼辦？」

我頓時覺得高樂群有點陌生，「你現在是把問題丟回來給我嗎？」

「不是，是這一直以來都是我們的問題！」他大聲地對我說。

我愣住了，傻傻看著他，他也看著我，氣呼呼的，我說過他待我好的樣子，是我眼裡最美的風景，但現在我眼裡，什麼都看不見了。

我從他看我的眼神，發現好像有很多東西不見了。

真的，都不見了……

我有些害怕，不知道那些不見的東西會是什麼。

女人的某些直覺是很準的，我不想往那個地方去想，但越看他的表情，就越覺得自己好像沒有猜錯，但我不想承認，也不會承認。

一定是我看錯了，樂群一定還很愛我。

都愛了十五年，愛不會消失。

「你覺得我會無緣無故去你家跟你媽吵架嗎？你也很清楚，沒有你媽叫，我根本不敢去你家……」我試著解釋自己的心情和來龍去脈，但他好像不是很想聽。

「我只是覺得，如果我們要在一起，就得要忍耐，妳讓她發洩完不就沒事了？」

「她發洩完就沒事了嗎？她今天發洩完，那明天呢？」

「所以妳要怎樣？每天跟她吵，然後她再每天打給我，我還要不要工作？」

「我也要工作啊！你媽打來，說要馬上見我就要馬上見我，我還有訂單要做，已經在最快的時間趕過去了，但她還是生氣啊……」

「妳不要抱怨我媽給我聽，她不是第一天這樣！」

「那你要跟我吵什麼？我也不明白，你現在跟我吵這個幹嘛？你也說了你媽不是第一天這樣，那你還不明白，她常常這樣，最無辜的不就是我嗎？」

「我就不無辜？我媽現在吵著要去死，說我們不分手，她就不吃不喝，那妳告訴我，我現在要怎樣做才對？」

「像之前一樣工作。」我不帶感情地回應。因為高媽媽要死要活不是第一次，也絕對不會是最後一次，上個月才鬧過絕食，這次又來。

樂群不可思議地看著我，一臉我在講幹話的表情，我忍不住再補了一句，「放心，高媽媽不會有事的，她等著看我們分手。」

「李巧漫，妳什麼時候變得這麼冷血？」他指責我，這一瞬間我真的很想大哭一場。

「我也很想知道，你什麼時候變得這麼不在乎我的感受。」我靜靜地看著他，「記不記得你之前是怎麼跟我說的？我媽就是這樣，妳別理她！不要接我媽電話！她如果叫妳去找她，妳馬上打給我，我去就好！我媽讓妳這麼辛苦，我真的好心疼……」我還可以舉出一百句他安慰過我的話，「為什麼你現在不這麼說了？」

樂群好像有些惱羞成怒，「妳這是在抱怨？」

「我不是抱怨，我只是不能理解。」

「到底有什麼不能理解的？妳知道她最近逼我逼得很緊，妳就不能為我好好哄她一次？說一句，不管妳的背景如何，都會努力成為一個配得上我的女人。」他這樣回答我。

但我根本聽不懂他在說什麼，好久沒能好好見上一面，卻好像錯過了十年一樣，好陌生。「你要我這麼跟你媽說，是要我直接承認，我現在就是配不起你的女人嗎？」

他煩躁地喝了口水，「我是說應付我媽，我很累，我不想吵架。」

「我也很累，我也不想吵架，我只想好好跟你吃頓飯。」

「現在可能只有妳還吃得下了。我回去看我媽。」他把水杯重重放下，起身拿了外套就走，一步步離我越來越遠，我們很少吵架，因為知道兩人愛得有多難，所以只想讓對方看到最快樂的自己，這樣才能讓對方也快樂，但為什麼最近這麼會吵，難道是現在的我們都不快樂了？

我也沒有食欲，因為我的幸福正面臨危機，我掙扎著要怎麼辦：我沒有錯，該被哄的人是我？還是該拋下原則，去和我的另外一半共同面對？

我掙扎了三秒，很沒有用地起身，然後說服我自己。

對，樂群其實也沒說錯，如果我再忍耐一下，或許今天我和高媽媽就不會吵起來，我和他就能好好地吃一頓飯，我可能得去向他媽媽道歉，因為讓高媽媽快樂，這段感情也才能快樂。

於是我結了帳，服務生問我要不要外帶，我說不用了，這間米其林二星的餐廳，我也不敢再來了，因為我留下了不愉快，我心裡有了陰影，不是東西不好吃，是我不敢面對。

我走出店外，看著氣派的店門口，看著大片落地窗映照出我現在的樣子，我馬上轉身，我不想看見現在的自己有多焦慮和狼狽，我拿出手機叫了 Uber，很快地往樂群的老家前進，一下車，我就看到樂群的車子停在外面，外頭的鑄花鐵門沒有關上，我能想像他像過去一樣，有多急著要捍衛我們之間的愛情。

應該吧？

還是急著要安撫他媽？我現在有些不確定。

我走到門口，深吸了口氣，做好心理準備，無論高媽媽要對我說多難聽的話，我都要忍住，絕對不能像下午一樣失控，我一定會微笑又謙卑地跟她說一句，「我一定會努力成為配得上樂群的好女人。」只要能先解除這回合的危機，我什麼都願意說，但就在我要打開門的那一刻，樂群說的話竄入我耳裡。

「好，我會跟巧漫分手。」不是負氣的口氣，聽來也不是應付，反而認真得不得了。我的手像是被電到般縮了回來，心裡滿是不敢置信。

和我相愛了十幾年的高樂群最後還是跟他媽媽妥協，決定跟我分手？一定是我聽錯了吧？一定是他跟我開玩笑的吧？一定是他為了哄高媽媽，才故意這麼說的吧？但我們約好，分手兩個字不能隨便說的啊！

樂群忘了我們說好的嗎？當我試圖說服自己這一定不是真的，勉強自己笑的那一秒，眼淚也莫名地流了下來，好久沒哭，我的臉上溼溼的。

我仍站在門口，動彈不得，因為不管他是基於什麼出發點對高媽媽說了這句話，我其實都不能接受。下一秒，門開了，樂群就站在我面前，高媽媽跟在他後面，一看到我，像是發現獵物自投羅網，對著樂群說，「兒子，她來得正好，你不是要跟她分手？現在說啊！」

樂群回頭看了他媽媽一眼，接著看著我。我不知道自己是什麼表情，是哭還是苦笑。我和樂群不是第一次在這裡跟高媽媽吵得你死我活，之前他要離家出走的時候，我還在這裡被賞了一巴掌，因為這一巴掌，他氣得三年不跟他媽說話。

但現在，我覺得好不安，他還會保護我嗎？

我等著他回應高媽媽，一秒、二秒……好幾秒過去了，他只是看著我，兀自沉默，在我的恐懼升到極致時，樂群很會抓 timing 地說：「巧漫，我們分手吧！」這次不是高媽媽打我巴掌，今天是樂群直接打我臉。

我還愣著的時候，樂群卻快步離開，高媽媽沒露出得意的臉，只是笑笑，像是小時候總是第一名的兒子拿了一百分回來，意料之中，所以不特別高興，只是安心，我就像一張她兒子考了一百分的考卷，寫著她最想要的答案。

高媽媽的關門聲喚醒了失神的我，我趕緊回神，跑向樂群，拉住他正要打開車門的手。

「你剛剛只是應付你媽媽對嗎？」我第一次聽到自己顫抖的聲音。

樂群深吸了口氣，緩緩地掙開我的手，望天無語了好幾秒，才對我說：「我本來也覺得我是在應付我媽，但是巧漫，當我說出要分手的當下，我覺得我的人生突然好輕鬆，妳知道那種鬆一口氣的感覺嗎？我還是很愛妳，但我真的累了，我現在只想好好過日子。」

「所以跟我在一起的這十幾年，都不算是好好過日子？」我不能理解。

「我不是那個意思，我只是好累，真的好累，因為妳跟我媽，永遠是我最難的選擇題，過去，我陪了妳十五年，夠了吧！現在她有年紀了，我爸還說她前天檢查出有高血壓，我這個做兒子的真的不想再讓她操心，該是我陪她的時候了！」

「那我可以再努力一點，讓你媽喜歡我？」說出這句話的時候，我真的很想看不起我自己。

樂群苦笑一聲，「算了吧！再怎麼努力，還不就是這個樣子嗎？」

「所以你要放棄了？」

「巧漫，妳不能指責我，我難道不也堅持到現在，我沒有對不起妳！」他口氣不悅地回應。

「我不是指責你，我只是不明白，如果你還愛我的話，為什麼不能再堅持下去？」

「那妳告訴我，要怎麼堅持？妳可以繼續當二十幾歲的李巧漫，只要有愛情就什麼都可以，但我不行，我是家裡的獨子，我還是有我該負的責任，愛情不能當飯吃！」

「那這十五年來，我的付出算什麼？」

「夠了沒？不要再拿十五年來壓我，我也有付出，我也有犧牲！不是只有妳一個人在為這段感情努力，我也很認真，但我真的累了，我不想再浪費時間解決妳和我媽之間的問題，我只想好好工作，可以嗎？」

我看著他如此堅定的眼神，還是不能接受，「一定要分手？」

「對，妳很清楚，我們不能再這樣下去了，再繼續也只是在耗損彼此的人生和時間。」他說了廢話。

「都已經耗損了十幾年，然後你告訴我，我們不能再這樣下去？」

「好，那算我對不起妳！可以了嗎？」

我氣得大吼：「不可以！你知道你對不起我，還是要這麼做？」

「因為我沒有選擇、因為現在和妳在一起，我很不快樂！事務所已經有處理不完的事了，我沒有閒暇餘力再來處理感情的問題，更沒有力氣去應付妳和我媽，拜託，算我拜託妳，不要再逼我了，分手好嗎？」

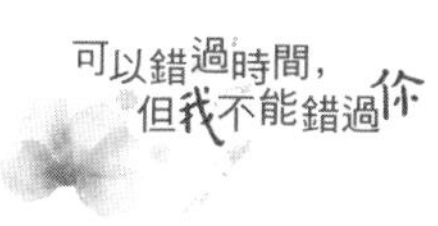


我直接給了他一巴掌，然後轉身離開。

什麼時候，我們之間成了應付？

我心裡期盼著他追來，但他沒有，我期待他會告訴我，他錯了，他只是太生氣了，或是剛剛不小心被孤魂野鬼附身了，才會口不擇言，對我說了那些不入耳的話。我還是盼著他會追來，然後狠狠地把我抱在懷裡，在我耳邊不停地、溫柔地說著對不起，但我聽到的，只有他狠狠甩上車門，踩下油門加速離去的聲音。

我沒志氣地回頭，看著車尾燈，整個人有點失神，想著剛剛為什麼會突然吵架？為什麼他突然堅持要跟我分手？一向站我這邊的他，為什麼這次卻丟下我一個人？

不是說好了永遠在一起？

我和他媽媽之間的選擇題，是從十幾年前就有的啊，他從來不覺得難寫啊，為什麼突然改答案了？我真的不懂，不是好好的嗎？才轉眼間，我的世界像是被引爆了核彈一樣，面目全非。

相愛十幾年的人要離我而去，這難道不是世界末日嗎？

我好慌張，不知道該怎麼辦，茫然地打電話給葦葦，卻直接轉語音，我才想起，她可能還在高空上，往她想去的國度前進，而我，我能去哪裡？我不敢回家，我現在真的不知道該怎麼面對他。

我只能買了酒，去了我的小小花店，喝到爛醉，滿懷期待自己醉醒的時候，就會收到樂群傳來求和的訊息。

當妙妙來上班，見滿室混亂，還看我倒在花筒旁，以為是謀殺，衝過來想看我是不是還活著的時候，卻突然打滑，腳上的踢不爛短靴直接往我肩上招呼，我痛得大叫出聲，一瞬間清醒過來。

只見妙妙嚇得跟我狂道歉，但道歉是沒有用的，肩痛已經造成。她扶我起來，見我好了一些，便抓著我說：「巧漫姊，要不要報警？妳昨天到底是發生什麼事了？有沒有被……還是有沒有被……」

「性侵、強暴、撿屍？」我知道妙妙在擔心什麼。

「所以有？」她尖叫。

「沒有。」

「那妳為什麼會倒在那邊？」她往花筒的方向一指，剛好看到滿地的酒瓶，「妳喝

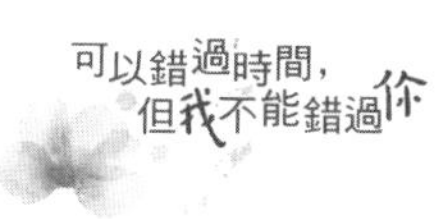


酒了？」我點頭，「那妳的酒品一定很差。」她又補了一槍。

「對，其實我昨天應該喝農藥的。」

「啊？」她有些傻眼。

此時，我的手機響了，我以為是樂群，接起來卻是葦葦，「妳找我？」

「沒事。」很習慣地說沒事，因為即便我再需要她的安慰，她現在也很難出現在我身邊，生活裡充斥著各種距離，唯一和我形影不離的人，是我自己。

「那妳幹嘛打給我？」

「只是想問妳到了沒。」

「喔，到了，但我決定等等跟妳講完電話後，要把手機給丟了。」

「妳又發瘋。」葦葦就是個瘋婆子。

「我覺得這樣，我心裡的洞可能會比較快填起來。」

「真的在意妳前男友，就回來吧，試著去努力看看，說不定妳真的是可以結婚的人。」

葦葦沉默了好久才說：「再說吧，好累，我想去睡一下。」

「去睡吧，好好照顧自己。」

她笑了好大一聲，「妳才要好好照顧妳自己OK？拜啦！」她掛掉電話，我瞬間紅了眼眶，我現在還真的不知道怎麼照顧自己。

「巧漫姊，妳沒事吧？」

「沒事。」我收拾情緒，也收拾店裡的狼籍，妙妙跟著我一起整理，她擔心的眼神時不時往我這裡飄過來，但我連假笑都嫌勉強。

「妳是不是跟樂群哥吵架了？」

我看了她一眼，心裡難受地說：「妳的直覺滿準的。」

她一聽到我的回答，簡直像考一百分的孩子，得意忘形地開始絮絮叨叨：「其實根本不用什麼直覺啊，他上次來接妳下班是多久前？去年七夕？」她問，而我忘了。「他上次來陪妳打烊是什麼時候？年初？」她繼續問。

我其實也忘了，只記得一向為他辯白的說詞，「他忙。」

「藉口。」她不高興地說：「我就覺得樂群哥事業心太重了，都沒有把妳放在心裡，妳一整晚沒回家，他都不關心妳的嗎？就算吵架，也要找一下女朋友吧！」

心臟被實話爆擊十萬點，我馬上拿起手機，剛和葦葦講完電話，都忘了要看一下，但看了不如別看，反正什麼訊息、什麼未接來電都沒有。

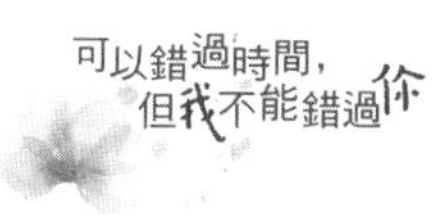


「連傳個 LINE 問妳是不是安全都沒有嗎？」妙妙看我拿著手機，一臉失望的表情，馬上問我。

我沒有回答，只是牽強一笑。深吸口氣，我決定給樂群和自己一點時間，或許他現在也在思考，想著該怎麼面對我，同樣都是付出十五年的人，我昨晚喝得爛醉，他一定也不好受。

對，一定是這樣。

人家說戀愛的人很愛幻想，錯了，失戀的人才會幻想，因為不想面對事實，就只能繼續幻想那一切沒有發生過，或發生過的一切只是夢，但哪來那麼多時間作夢？

越是這種夢與現實分不清的時候，我越得要冷靜，於是我問了妙妙今天的訂單，要她先準備一下需要的花材，接著我打開電腦，就聽見收到 mail 的訊息聲，我慌忙打開，以為會是樂群，但並不是，只是一間咖啡店，打算在店外的草地上做些設計，或種種花，希望請我到現場評估。我記得我回絕過了。

因為這種案子來來回回，得花上很多時間，上次替飯店布置空中花園，整整花了我三個月的時間，這還不包含事前好幾次的溝通，想把事情做好的人，會特別辛苦。

這世界就是在折磨善良的人。

於是我拿起室內話機，撥了電話給負責人。

「請問是方先生嗎？」

「卓。」他惜字如金。我先是愣了一下，才趕緊再看了一次 email 下的署名：卓元方。媽啊！我在幹嘛？

「抱歉，卓先生，我是剛收到你 mail 的李小姐，不好意思，謝謝你一直來信要談合作的事，但是目前這類的案子，因為人力不足，所以沒辦法接。」

「我願意提高費用。」

「不是錢的問題，是時間問題。」

「那妳什麼時候有空？我可以等。」

我突然愣了一下，「我不知道。」

我是真的不知道，但不知道為什麼，我可以感覺他在電話那頭翻白眼，又或者是在心裡罵髒話，不管是誰聽到這種回應，都會不爽吧，「抱歉，我是真的不能確定目前的時間……」

「等妳有空的時候再打給我，如果妳不能接，我寧願放著。」他說完就掛了電話。

我不能理解，全台灣會做花藝設計的人這麼多，何必一定要找我？但此時此刻，因為這句話，我覺得自己活著，至少有一點點價值。

那麼一點點。

在我掛掉電話後，桌上的手機又響了起來，螢幕顯示：樂群。

我心一頓，以為自己出現幻覺，但音樂響到連妙妙都一臉疑惑地抬起頭來看我，「要幫妳接嗎？是哪個男客人又要煩妳了？」妙妙邊說邊走過來時，我直接接起手機，對她一笑，她才安心去做自己的事。

我聽著耳旁傳來樂群的聲音，忍不住緊張，「是我。」他說。

「嗯。」

「我在外面。」他丟了這一句，我便馬上衝出去，只見他的車停在對面的老位置，我深吸了口氣，掛掉電話，然後緩緩朝他走去，我不知道他會跟我說什麼，我只希望，當我一上車，他就會擁抱我，拍拍我的背說句「沒事了、沒事了」。

但我坐上了車，他看都沒有看我，我們沉默了好一會，沉默到我就要下車時，樂群才開口：「昨天，我說的那些話，是認真的。」

我頓時從腳底冷上頭皮，轉頭看著他，一句話也說不上來。

他仍然不看我，只看著方向盤，好像方向盤才是我。

「好，我知道是我的錯，但我真的不能再綁住妳了，我也捨不得妳繼續夾在我跟我媽之間，每次都要處理妳和我媽的事，我真的很痛苦，我們都不要再過這樣的日子了，好嗎？」

我知道他很痛苦，我也很不好受啊，「但這十五年來，我們不就這樣走過來了嗎？為什麼之前可以，現在不行？」我故作平靜地開口，我就是不懂！

「就是累積了這十幾年，我快要不能呼吸了！懂嗎？懂嗎？我就是受不了了！」他突然失控得朝我吼了我這句。

我怔愣地看著他，艱澀地再問一次，「一定要分手？」

「對，反正早晚都要分的。」

「你是用這種心態在看待我們的感情？」

「不然妳覺得我們能有什麼未來？」

「如果你覺得早晚都要分手，何必帶我去看房子？何必一起買房子？我以為我們就算不結婚，也會在一起一輩子！」

「然後我就得繼續選擇妳，或是選擇我媽？夠了，巧漫，放過我好嗎？我真的累了，我是真的愛過妳……」

我驚愕得抬頭看他，原來不是愛我，是已經變成愛過我？

接著，他像是早就想好了一樣，把我們之間最後的牽連計算得清清楚楚，「房子的部分，我會算一算，把頭期款跟這兩年妳付的貸款還給妳，還有事務所的投資，我也會請會計師把該給妳的都還給妳，另外我還會給妳一百萬，妳這幾年對我付出的一切，我真的都放在心裡，一輩子也不會忘記。」

不過才一個晚上，我和他之間的愛情已經有了價格。

……另外我還會給妳一百萬，妳這幾年對我付出的一切，我真的都放在心裡，一輩子也不會忘記。這句話一直在我的腦海裡縈繞不去，我想哭，但更想笑，他到底怎麼了？為什麼會突然變成這樣？是不是有外星人住在他的身體裡，操控他的一切？他根本不知道自己在幹嘛。

「為什麼不說話？妳覺得不夠？」他小心地問我。

我看著陌生的他，淡淡問了一句，「如果我說我都不要呢？」我就是不想跟他算清楚，因為怎麼算得清楚？我和他這輩子，都很難算清楚了。

他不耐煩地深吸了口氣，冷冷地說：「妳再跟我耗下去，真的什麼都沒有了！我媽不會讓我跟妳結婚的，還是妳真的要當我的小三，跟我搞婚外情？妳真的可以這麼愛我？好啊！我可以另外買一間房子給妳，妳就每天洗好澡等我！」我直接給了他一巴掌，他先是錯愕，接著說了一句：「愛打就打，只要能讓妳出氣，看妳想怎麼打我都可以。」

就算我的眼睛起了霧，看不清眼前的男人，也不能拒絕承認他變了。那個眼裡對我只有愛的男人變了，他現在看我，就像是看著麻煩一樣，這一刻我終於了解，以前可以，現在不行的原因只有一個，那就是他不愛我了，那個說會一輩子愛我的男友背棄了承諾，也背棄了我，在我以為他還是愛著我的時候，他就已經不愛我了。

兩情相悅成了我一個人的自作多情。

我不想再多說，準備要下車的時候，他又說了一句，「妳什麼時候可以搬走？」我的眼淚在這一刻才掉了下來，我沒有回答他，直接打開門下車，在車上的十分鐘，好像過了一世紀，我恍神地走回店裡，無視喇叭聲，也不在乎車子來來往往。

此時此刻，我突然不知道自己活著的意義到底是什麼。

失去一個愛人不見得就會世界末日，只是失去了那個愛人，妳會開始懷疑自己為了愛他的種種努力到底算什麼？而未來說好要一起努力的事情，消失了，只有自己一個

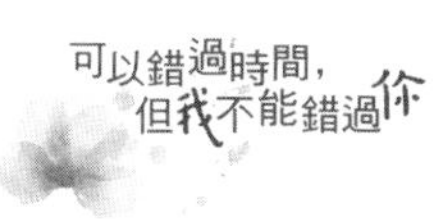


人，我要怎麼走到那個說好的未來？

我回到工作室，把一切準備妥當的妙妙好奇問我：「去哪裡了？怎麼一轉眼人就不見了？」

我看著妙妙，才感到自己回到了一點現實，絕望地說了一句，「一轉眼就不見的何只人。」

我不知道自己在說什麼，妙妙也不懂，她有些傻眼地看著我，我沒有多做解釋，直接走向工作檯，開始忙起今天的訂單，試著想讓自己像以前一樣，我不敢去想剛剛樂群對我說的那一切，我不想面對。

我只想像以前一樣，好想好想像以前一樣，我努力地處理所有的訂單，包著今天預訂的最後一個求婚花束。

藍玫瑰，花語是奇蹟與不可能實現的事。高樂群也曾跟我說，我是他生命裡的一個奇蹟，但現在卻成了廣東話裡的拉雜（垃圾）。

「這人好有錢，九十九朵藍玫瑰耶。」妙妙看了訂購單，忍不住問：「南山廣場不就跟樂群哥同一棟辦公大樓？果然，菁英聚集地！」聽到關鍵字，我的手又忍不住一抖，妙妙沒發現，一邊幫我遞包裝紙一邊說：「巧漫姊，妳說一輩子能被這麼美的花求一次婚，是不是也算值得了？」我沒有回話，但眼淚卻落進花裡，妙妙傻了，但也不敢多問。

我好認真地包著花，雖然我在哭，但想到幾個小時後，會有個女孩因為這束花而笑，這樣就夠了。

當我完成的時候，哽咽著對妙妙說：「別跟這客人收費，幫我祝他們百年好合，天天快樂。」

「妳瘋了？這些花材超貴的耶。」她說。對，很貴，但花是祝福，上面不該有我傷心的眼淚。我什麼都沒說便離開了花店，妙妙連喊都不敢喊我，我從未如此失常過。

我走在街上，不知道自己還能去哪裡，我害怕回家，我怕看到屬於我們的一切，那都在諷刺我，是假的、是過去的，那裡早就不是我們的家，永遠都不會再是了，樂群活生生地剝奪了我活下去的意義，但我心裡卻還是想要挽回他。

這讓我感到悲傷，只要他還有一絲絲愛我，甚至是同情我都好，我還是不爭氣地想回到樂群身邊。

他就是我認定了一輩子的人啊，失去他，我不也失去了一輩子嗎？

我不知道我能怎麼做，於是我搖搖晃晃地來到樂群家門口，按著電鈴，來開門的是樂群爸爸，前年退休後，他便四處投資，聽樂群說賠了不少錢，他一見是我，轉身又要回去，我急忙喊著，「伯父！」

他的語氣裡滿是不耐煩，「有事嗎？」

「我可以跟伯母說幾句話嗎？還是你能給我幾分鐘？」我幾近乞求。

「妳不是都和樂群分手了，還要說什麼？不只他媽，我也不是很喜歡你們在一起，趁這次就結束了吧，別把自己搞得太難看。」他爸說完就走，我在外頭喊：「十分鐘就可以了，拜託，我在外面等！」但回應我的，只有關門聲。

我就在外面等了四個小時，這期間我看到高媽媽拉開了一點窗簾向外窺探，卻儼然不想理我，一直到晚上十點多，屋子裡的燈都暗了，我非常堅信，他們沒有人想理我，沒有人想給我十分鐘，我這是自己羞辱自己。體會這點，我轉身離開。

繼續在街上搖搖晃晃，就如同我搖搖欲墜的人生，當我經過昨晚和樂群吃飯的那間法式餐廳，我在外頭透過玻璃，看見靠窗的桌上放了那束九十九朵藍玫瑰，一眼看出那是我的作品，裡面有我的眼淚和我的祝福。

我忍不住停下來，想看看擁有那束花的女孩是多麼幸運。

於是我上前，緩緩地靠近餐廳，看到了那個幸運的美麗女孩，她正背對著櫥窗玻璃，而她的面前正單膝跪著一位男子，當我看清楚他的臉後，我幾乎腿軟，我愛了十幾年的高樂群，他正在向別的女孩求婚，笑著為她戴上戒指，而我不敢置信地想再往前看得更仔細時，我的頭撞上了玻璃。

砰的一聲。

高樂群抬頭的同時，女孩也正要回頭，我狼狽地轉身，但我相信高樂群一定看到了我的背影，絕對知道我是誰，我逼自己緩緩地向前走，但走沒兩步，我便心慌得開始奔跑。

我的世界在那一秒毀滅了，我不需要再去解決我和高媽媽之間的問題，因為出問題的人是高樂群，他是真的不要我了，真的真的真的不要我了。

我突然被拉住，回頭一看，就是高樂群。

昨晚在他家爭吵後沒追我，今天下午來傷害我的時候沒追，現在卻追來了，我還以為他良心發現，要向我道歉，但他卻像是要逼我去死一樣，對著我說：「既然妳都看到了，我也沒有什麼好說的。沒錯，我要結婚了，她是非常優秀的室內設計師，我媽媽很喜歡她。」

我聽著他說的一字一句，覺得世界如此荒唐，「關我屁事？」我也是上過雜誌的花藝設計師啊，then？

「巧漫，妳不要這樣，我們好聚好散，可以嗎？」我看著他的臉，只想收回我覺得全世界他最帥的那句話，我只覺得噁心，「你和她在一起多久？」我佩服我自己，居然還有勇氣問他。

他沉默，我氣得大吼：「說實話！」

「三個月。」他說。

才三個月？三個月的感情，就這麼贏了我這在一起十幾年的人。

「所以你劈腿？」

「我沒有！其實我早就想跟妳分手了，只是一直說不出口，再加上又很忙……」

誰說心碎沒有聲音，我心痛得耳朵一直出現幻覺，要我伸手把高樂群直接推向車道，這種負心漢除了該死，沒有別的下場。我真的伸手推了他，但因為心痛得沒辦法施力，我只能把他推開，卻推不進車道。

我懊悔、我氣憤，我只能拖著沉重的心情和身軀離開他的視線。

「巧漫！」他在我身後喊，我沒有回頭，「妳還沒有說妳什麼時候要搬！」

我用盡所有力氣，回頭朝他喊了一聲，「去死！」他才閉嘴。

活著，就像一場永無盡頭的鬧劇。

原來我跟那個女孩才是選擇題，高樂群劈腿就算了，但怎麼可以對我這麼殘忍？用我包的花束去向另一個女孩求婚，他怎麼可以對我這麼冷酷無情？我陪伴了他十幾年，下場卻是這樣？他到底有多愛她？比愛我還多嗎？他真的要娶她嗎？

這些問題一直在我腦海裡揮之不去。

我痛苦得想要回家好好睡一覺，但我走進大樓大廳時，卻看到高樂群正好帶著新女友走進電梯。我傻在原地，至今無法理解，就算現在不愛我了，也不至於趕盡殺絕吧？但我發現高樂群就像是要我的命一樣。

我悲憤不已，搭了下一部電梯，手抖得差點將八樓按成三樓，然後我走到我的家門口，決定一手抓高樂群頭髮，一手抓小三頭髮，推他們一起去撞牆。只是我始終按不下密碼，我跑走了！

我把我的男人和我的家，雙手奉送給別人。

我無助地跑到葦葦家，想要趴在床上好好大哭一場，但葦葦的備用鑰匙不見了，我特別去找了蝴蝶造型的鑰匙圈，好藏在花台造景裡，沒有人會發現那是備用鑰匙，但蝴蝶飛了。

我打電話，葦葦沒有接，我傳了訊息問她鑰匙呢？她也沒有回，我不知道自己還能去哪裡。在附近的便利商店買了幾瓶啤酒，回到葦葦家門外，我坐在花台上，邊哭邊喝酒，第一次感受到沒有家的無助，當初我氣我媽的善良和好說話，吼了一句「我再也不回高雄」後，我就再也沒有回去了。

我不覺得自己失去了根，因為台北還有樂群，還有我自己住的地方，但現在我什麼都沒有，連葦葦也還是沒消息，我只能邊哭邊打開 Airbnb，訂了間離我的房子最近的旅舍。瞧我多沒用，即便被甩，還是要在高樂群附近。我訂的臨時住處叫作「晚晚安旅店」。

但其實我不在乎叫啥，我只希望有張床和棉被，可以接住我的眼淚。

「隨時可以過來。」屋主 Ann 傳了訊息過來。

我像在海裡撈了根浮木，帶著一身酒氣和滿臉的眼淚上了 Uber，然後繼續喝著啤酒，很快又下了 Uber，來到剛訂的住宿。我按了門鈴，一個都幾點了還沒睡的小男孩衝出來幫我開門，我還想問他怎麼不睡時，他已經拉著我，經過客廳和某個門半掩的房間，我依稀聽到女人的說話聲，但聽不清楚。來到一間鵝黃色房門口，小男孩說：「這是妳的房間，媽媽在講電話，妳先進去休息。」

他把鑰匙給我，然後對著我伸手，手掌向上。「幹嘛？」我問。

「房租啊。」他說。

我從皮包裡拿出一疊現金，「跟你媽媽說，我可能要住很久。」小男孩點頭後就跑走了，我拿著鑰匙，酒氣讓我搖搖晃晃，對了鑰匙孔好久，總算把門打開，放下行李後的第一件事，便是衝到床上趴著痛哭失聲……

「去你媽的高樂群，你真的會不得好死。」

我很少這麼大哭，就算八年沒回高雄一次、沒見我媽一次，我都沒有哭過，因為哭沒有用，這是我打小時就得到的體認，當別人歧視你的時候，你根本哭不出來，因為你想證明自己，或只想打死他們。

談了人生唯一的一次戀愛，面對人生的第一次失戀，我真的手足無措，誰可以教我？

「小姐。」小男孩的聲音在我耳邊響起。

我嚇了一跳，才發現自己根本連房門都沒有關，就只顧著哭，我一抬頭，眼淚鼻涕全在臉上，小男孩的臉有些模糊，我哭到有些倒嗓，聲音沙啞地問：「幹嘛？」

「我媽說要找妳二百二十元，可以住兩個星期，但沒有附早餐。冰箱裡的東西可以吃，但要再算錢，上面有貼價格。然後，請妳哭小聲一點，她在講電話。」小男孩好像訓練有素的 Siri。

「錢放著就好，出去的時候幫我關門。」我眼淚還是掉個不停。

「好吧。」他用大人的口吻回話並對我點點頭後，便要離開，帶上門前，對我說了一句，「妳不要哭了，冰箱裡的多多是我的，我可以請妳喝一瓶。」然後他同情地看了我一眼，才幫我關上門。

那一瞬間，發現自己好悲哀。

怎麼活了三十幾年，卻經不起一次失戀的打擊。

大概是我沒有想過，十幾年的感情走到最後，成了一篇幻想文，我以為我們會緊牽著彼此的手，直到我死或是他死。結果是我們的愛情先死，成了他和另一個女人愛情發芽茁壯的肥料，前人種樹，後人乘涼，我也能有如此偉大的一天。

十幾年呢。怎麼可能說分手就分手，怎麼可以說斷就斷，怎麼可以對我如此無情，怎麼可以？高樂群他怎麼可以？怎麼可以這麼不要臉、這麼喪心病狂、這麼道德淪喪、這麼無恥至極？

事實上，他真的很可以。

三個小時後，犯賤的我打開搬進新家後就再也沒有打開過的監視器 app。那時他知道我擔心裝修進度，幫我裝了個監視器，讓我可以線上監工。搬進去後，本來想拆掉，但後來一直沒有時間，就這麼忘了。直到此時，我又有藉口可以再打開。

因為我想看，在那全是我東西的屋子裡，他怎麼面對那個女人。

但我一打開，卻只看到他在客廳的沙發上，身下壓著一個女人。我不敢置信，在他們要為彼此脫掉最後一件衣服前，我砸了手機，頓時反胃，衝到房間附設的廁所裡，把剛喝下的酒全吐了出來，根本來不及醉死，我痛哭失聲。

那是我特別找人訂製的沙發啊！是花了半年才做好的沙發啊！怎麼可以！高樂群怎麼可以！

我跌跌撞撞到外頭冰箱找酒，但什麼都沒有，留了紙條，希望冰箱除了多多以外，可以補充一些酒類，畢竟我可能要住一陣子。接著我回到床上，抱著棉被，繼續無法控制我的眼淚。

就這樣趴在床上哭到凌晨四點多，我完全睡不著，一閉上眼都是那個不堪入目的畫面，我又一陣乾嘔，只好拿起錢包去花市批花買材料。男人丟下了我，但我不能丟下我的工作。

天都還沒亮，我狼狽的樣子嚇傻了不少早起運動的阿公阿嬤，當然也包含我經常光顧的那些花商，他們要不是嚇到狂問，「妳真的是巧漫？」就是倒抽口冷氣，接著全身定住，我得要先自我介紹，「我是巧漫。」他們才會回過神，尷尬笑笑，「看不出來是妳呢。」

「我也看不出來我男友會跟我分手。」我無意識地回應著，他們又再一次相同反應，我得在他們還沒回神前先走人，不然下一秒，我應該會哭出來。買完今天會用到的花後，我便去開店，印出今天所有的訂單。

自己一個人，一朵一朵花地整理，一束一束花地包裝，我強忍眼淚，不能哭，不能再把眼淚滴在花上，高樂群可以對不起我，但我不能對不起我的客人。

一直忙到十點多，妙妙一來上班看到我，就跟凌晨看到我的那些人一樣，先是錯愕，再來疑惑，接著是不解，「巧漫姊，妳是沒洗臉就來了嗎？」

何必洗臉？我的人生被我失敗的愛情打臉，還不夠腫嗎？我沒有回應，只是處理著花材。我還沒有回答妙妙，貨運先生就來了，載來幾箱我的東西，我無奈一笑，高樂群的動作好快，一定是昨天他跟新女友在客廳做愛的時候，房間裡面有搬家公司的員工同步整理我的私人物品，不然怎麼可以這麼迅速。

「妳買什麼啊？買這麼多？」妙妙傻眼。

「我的一生。」

都在這幾個箱子裡了，我把小時候背著的那些傷痕，從高雄帶到了台北，從我媽那裡帶到了高樂群這裡，他說過要陪我一起面對不堪的過去，但現在他把我的過去，還有我們的過去全都又還給我，如果我此時死去，這幾個箱子就真的是我的一生了。

「巧漫姊，妳沒事吧？」她擔心地看著我問。

我沒有回應，只是繼續包裝花，她見我不想說，也不敢多問，轉身去忙別的事，下一秒，我又聽到她的尖叫聲，「巧漫姊，明天的訂單都被客人取消了！」我抬頭，就見她激動地指著電腦螢幕，一臉見鬼的表情。

「不是被客人，是被我取消的。」我用著此生第一次這麼沙啞的聲音說話。

「為什麼要取消？」她仍是高八度音。

我處理好今天的最後一張訂單，把花交給妙妙，「妙妙，今天的訂單都好了，我有兩件事要麻煩妳，第一件事，妳閉店的時候，把剩下的花處理掉，看要送人還是怎樣都好；第二件事，我把這個月薪水還有遣散費都匯到妳的銀行帳號了，另外我還多匯了十萬，妳爸的心臟支架快去裝吧。」

「為什麼？」她紅了眼眶。

「我想休息一陣子，我覺得活著好累。」

「妳真的跟樂群哥分手了？」她問，我最終點了點頭。

「妳不會想不開吧？」她再繼續問，我苦笑，「很想，但我怕痛，還是妳推薦我幾個不會痛的自殺方法？」

「巧漫姊！」妙妙嚇到哭了出來，我難過地輕摟著她，「開玩笑的啦，我媽還在，我怎麼能死，要也是拉她跟我一起去死，讓她獨自活在這個世界，她太可憐了。」我對我媽一直有很深、很深的怨懟，有一種生氣，是氣到讓人陷入絕望的無力感。

我每次看到我媽就是這樣。

我們母女倆被趕出去之後，我媽靠著二叔和三叔施捨的一塊小農地養我長大，沒辦法種蓮霧後，我媽便改種番茄，從沒有人要買，到收產前被預定光，我媽一個外籍新娘，她得有多努力？

從被騙、被坑、被罵，連聽到髒話都要假裝聽不懂，這樣才能讓對方好下台，我媽就是笑笑，對著那些欺負她的人，露出真誠又美好的笑容，憑那些人也配？我看不下

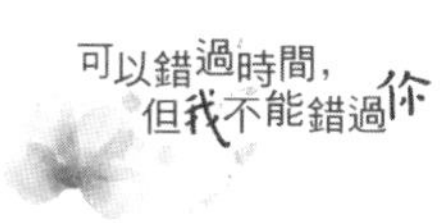

去，我總是第一個跳出來，吼那些不要臉的人。

我成了庄頭裡最凶的女孩，但我不在乎，也因為這樣，那些人才不太敢再對我媽亂來，但總是會有更下流的人，就是我二叔跟三叔他們兩家人，二叔的兒子把他的地都拿去貸款，想創業卻全賠光了，然後他跟我媽借了錢去美國要投靠女兒，接著打死不認帳，有兩年風災嚴重，沒有收成，生活有了問題，更別說我正準備上大學。

我打電話去美國要錢，二叔說，「有借據我就還。」但我媽喊他一聲二兄，怎麼會有借據這種東西？我媽跟我道歉，讓我得要申請助學貸款，連在台北租屋的押金，也是我媽跟村長先借的，這也就算了，生活呢？我媽怎麼生活？

我忍住氣，告訴我媽，不要拿我跟她和那些垃圾一起陪葬。

我媽流淚哭著說好，但我知道不可能，我一到台北，三叔就中風了，沒辦法再種東西賺錢，兒子女兒台大政大畢業，但找不到工作，在家啃老，把三叔的積蓄啃光就算了，還要我媽三餐幫他們送吃的。

當我大學畢業回家多住幾天，才發現我媽總是在吃飯前帶著東西出門，我跟蹤她，才知道那些便當是送去三叔家的。我真的很生氣，我要我媽別管他們，但我媽說她是大嫂，要幫忙。

我氣到馬上回台北，完全不想理我媽。後來我賺錢了，有能力照顧我媽了，想把她接來台北一起住，她還是不肯，但我不管，我回高雄堅持要帶她來的時候，才知道三叔中風更嚴重，去住了一陣子養老院。

「錢哪來的？」我問。

「借的。」我氣瘋了，逼問我媽，才知道她又跟村長借了快三十萬，就是為了讓三叔住養老院，還有，那對啃老兒女三千、五千的跟我媽拿，我馬上去三叔家，和那兩個大我十歲、八歲的表哥表姊大打出手，我氣得連菜刀都拿出來。

「你們如果敢再跟我媽拿錢，看是你們死，還是我死。」我菜刀丟在地上，轉身離開，接著去領了我那時所有的積蓄出來，把錢還給村長，剩下的給我媽，我告訴她，我不會再管她了。

我在台北省吃儉用，就怕造成我媽的負擔，但他們呢？他們憑什麼濫用我媽的愛？憑什麼？我也不懂我媽，為什麼可以傳統、善良到這種地步，我氣到無力，差點跟我媽斷絕母女關係。

「他們是親戚、是家人啊。」我媽一直這麼說。

「他們是垃圾、垃圾、垃圾！」我憤而離家，告訴我媽，如果她再一直這麼沒有底

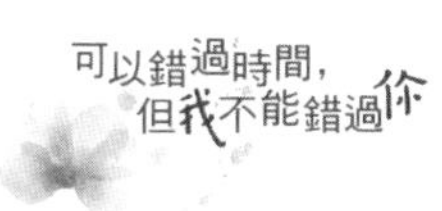


限地幫三叔一家的話，那就當沒有我這個女兒，我不會再拿一毛錢出來，我永遠記得三叔趕我們離開祖厝時說的話。

「沒知識兼沒衛生的女人，不要住家裡。」對，這樣的女人，卻一直到現在，都在付他的養老院費用，就算我沒有回去，只要打去養老院問，就知道我媽還在付那些錢。

我不回家，但每個月該給我媽的生活費，我一毛也沒有少給。

就是很清楚，她不會放棄，就連我不回家，她也不會放棄幫助那些親戚，我也很清楚，我匯回去的錢，不會只用在她身上，但我多希望她打電話給我，好好地跟我說：「女兒，媽媽不幫了，妳回來。」

我媽不會，於是我也不會回家，這是我的抗議，但我知道這是在懲罰我自己，因為我很常想起她，但每每想到她寧願幫那些人，也不想妥協好看看我，我就會收起自己的想念。

尤其現在，我更氣我媽了，我的專情、我的不爭氣，大概都是遺傳她的，我媽很愛我爸，我爸對她來說是第一個男人，是救贖她原本困苦生活的人，我媽把我爸當成了英雄，一個年近六十、有肚子、皮又黑又皺的英雄。

即便英雄逝去，我媽心裡也只有我爸，就像我一樣，即便樂群劈腿，我的腦子裡，也還只有他。

但是，「我不會為他去死。」我再向妙妙重申一次，我都還沒有力氣面對失戀，哪來的勇氣面對死亡，我扯動嘴角一笑，要她別擔心我。

「樂群哥是不是在外面有女人了？」她哽咽著問我。

「是。」

「他怎麼那麼不要臉？」

「嗯。」

「最好出去被車撞。」

「好。」我苦笑，妙妙突然嘩的一聲就哭了出來，「巧漫姊，妳怎麼那麼可憐啊！樂群哥是不會早一點分手喔，妳都三十幾歲了呢，賤男人！下三濫！真的很該死耶，喜新厭舊的人都不得好死啦！」我不知道她是在安慰我，還是想加深我去死的念頭。

我輕抱妙妙，拍著她的背，安撫她的心緒，說實話，我本人都很欠安慰了，還要去安撫替我生氣的人，真是累到全身無力啊。我重重地嘆了口氣，放開妙妙告訴她，「妙，我從大學開始半工半讀，大學畢業後，就一直工作到現在，我突然很想喘口氣，所以花店暫時不會營業，等我想清楚再說。」

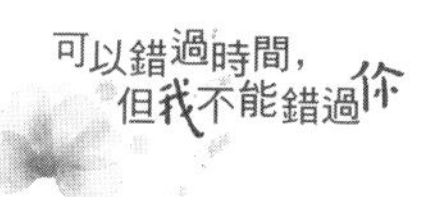



「那妳如果要重新開幕，一定要找我喔。」妙妙哭著說。

「一定，只是我對妳真的很抱歉。」

「哪有，妳對我很好了，真的！不管我爸什麼時候要去看醫生，妳都讓我請假，有時候店還直接休息陪我去，巧漫姊，妳不是我老闆啊，是我姊姊、是我的家人，妳難過的時候，真的可以打給我。」

「好。」

「一定要打。」

「好。」我幫她擦去眼淚，「妙，今天就麻煩妳閉店了。」我說，妙妙點頭。我心裡有些不捨，明明前幾天還好好的，怎麼一下子就面目全非，我都還沒從打擊中恢復，就下了這樣的決定，但我真的沒辦法，我現在只有傷心，無法再好好工作。

我深吸了口氣，拿了幾個大袋子，塞了些衣服鞋子和日常生活用品進去後，便拿起包包，不想對妙妙說再見，我離開了我的花店，然後招了計程車，上車。

「小姐，你要去哪裡？」

「看精神科，隨便一間近的診所就可以。」我說。

司機先生一臉載到瘋子的害怕模樣，很快地 google 地圖，然後開到目的地，還下車幫我開車門，「小姐，要好好治療喔。」他關心地對我說，我淡漠地說了聲謝謝，接著走進診所掛號，填了一堆表格和問卷，包含感情狀態。

醫生看著我填好的問卷，帶著親切的微笑詢問：「心情如何？」

「我很想睡覺，但又睡不著，請你開很多安眠藥給我。」我知道我在為難醫生，但沒有辦法，我的人生正在為難我。醫生不放棄地繼續對我說了好多話，但我什麼都聽不進去。

最後我走出診所，拿到了兩星期的藥，醫生不停地強調，一定要再回診，藥劑師不停地叮嚀服藥後的注意事項，我都用力點頭，但我根本充耳不聞。

我想做的事只有一件，就是睡覺，我覺得自己好久沒有好好睡上一覺，我這麼累，一定是沒有睡好的關係。

於是我又背著那堆東西，小心地拿著藥袋，就怕安眠藥不見。完好地回到晚晚安旅店，在房間裡丟下所有東西後，我快步走向廚房、打開冰箱，看到房東太太回應了我的紙條，裡頭已經塞滿了啤酒、威士忌和紅酒，我像看到救世主，

從冰箱裡拿了一堆酒，先是把自己灌醉，然後再吞了顆藥，就見我的眼皮越來越重，意識也越來越模糊，終於我闔上了眼睛，終於可以好好睡上一覺。

終於，也可以不用再想高樂群。

不用面對，始終是最輕鬆的解決方式。

而逃避真的比較好過日子，什麼兩性文章說要愛自己、說要勇敢面對、說整頓自己重新出發，全是狗屁！

你愛的人不愛你，你傷心都來不及了，哪來的時間愛自己？勇敢面對？哈哈哈，我先大笑三聲，這麼厲害你來啊！說什麼屁話？整頓自己？我為什麼要整頓自己，該整頓的不是那個該死的高樂群嗎？

重新出發？好，那誰來跟我說，重新出發的話，我要去哪裡？我真的不知道啊，那些理所當然的話，此刻在我的心裡、我的腦海裡，都只是風涼話，沒有人能理解我現在的失落跟苦痛。

那就別理解了吧，連我自己都不想理解。

我逃避了一天又一天，把自己關在房間裡。

我每天在地上醒來的第一件事，就是去冰箱拿走所有的酒，然後再把自己灌醉，吃下一顆安眠藥，好讓自己能夠睡著，我不想清醒，清醒太過可怕，那種被拋棄和背叛的感覺，只要我一睜開眼就瞬間襲來，於是，我得要很努力讓自己不要醒。

當我從藥袋裡拿出最後一顆安眠藥時，我開始感到焦慮，怎麼辦？明天開始就要睡不著了，我喝著酒，聽到了敲門聲，但我還沒有開口，門就被推開了，一個女人走了進來，我猜是房東太太，她拿了張紙對我說。

「這是妳這兩星期的酒水費和清潔費。」她說。

我接過寫得密密麻麻的那張紙，看得有些吃力，她要開燈，我大喊，「不要開！」直接從暗處搜出皮包，從裡頭拿出提款卡，說了我的密碼，「妳自己去領吧。」

「ＯＫ！」她很爽快地回應，轉身要走的時候，我喊住她，「藥局買得到安眠藥嗎？可以幫我買嗎？」她看了我一眼，但我看不清她的臉，只見她離開我的房間，不到一分鐘又走了回來，給我一盒藥。

「一次半顆就好，這比妳吃的藥效強。」

「好，謝謝。」

「還有，吃了藥麻煩別走出房間，我不想我兒子每天起床，經過客廳都要嚇一跳。」

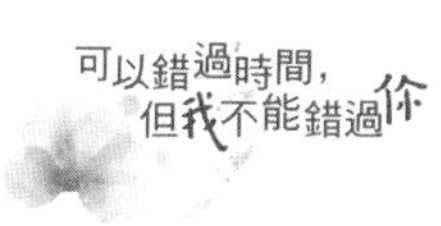

「我沒有出去啊。」我不記得我有出房門。

她沒理會我的話，繼續說著，「妳是瘦，但我每天早上拖妳回房間也很累。」她說完走人，我也不想爭辯，我真的不知道自己有離開過房間，但無所謂，剛吃下的藥好像發揮作用，我眼前糊成一片，接著不省人事。

接下來的日子，我也是這樣過的，什麼都不用記得，只要睡覺就好。

這樣很好，真的很好。

我不曉得自己持續這樣的生活多久，反正有藥和酒，我就能過日子，直到我再次迷迷糊糊醒來，像過去一般地往冰箱走去，搬了酒回房間，才發現藥吃完了，那種恐慌感又來了，我走出房間想找房東太太要，但家裡沒人。

我不知道能怎麼辦，於是我只能再繼續喝酒，想讓自己喝得更醉一點，可是卻好像越喝越清醒，高樂群和新女友交疊的畫面又頓時重擊我的心臟。

我慌張了，我不能清醒！

我要去買藥，或是去找醫生拿藥，不管怎樣，我真的需要藥。我隨手拿了錢包，跌跌撞撞出門，出了門才發現天有些亮，我覺得有些刺眼，用手遮著陽光，不停地撞上路人，聽著他們不耐煩的嘖嘖聲，耳邊持續傳來他們嫌棄我的聲音，「瘋查某！」「臭死了，都酒味！」我感到害怕，除了我討厭自己外，原來全世界的人也都討厭我。

我後悔了，我想回去。

於是我轉身，加快腳步跟著前面的人，不管是誰，只要能將我帶離這個地方、這個世界就好，我幾乎是小跑步地跑起來，酒和胃液混在一起，我幾乎要吐了，接著我聽到有人在大叫，我一愣，抬起頭，眼前便是一輛大車朝我駛來，下一秒，我又不省人事了。

我以為自己不是下地獄，就是會上天堂。

結果我上面下面都沒有去，我在醫院醒來，就看見房東太太的兒子坐在我的病床邊喝多多，他看到我醒來，突然大吼：「醫生叔叔！」我嚇了一跳，都還沒有反應過來，就聽到急促的腳步聲，下一秒我被翻著眼皮、被測了耳溫、被做了很多事。

「李小姐，妳聽得到我的聲音嗎？」醫生問。

「嗯。」

然後他說了一段好長的話，好像我有點脫水、營養不良，還有胃潰瘍，總之就是我有不少毛病，重點是車禍無礙，身上並沒有什麼傷口，我這才回想起來，對，我記得有看到一台大車，接著我就躺在這裡了。

「妳先好好休息。」醫生說完離開的同時，一個女人走了進來，看著我說：「醫藥費我會從妳的提款卡領。」

我這才意會到原來是房東太太，這是我第一次這麼清楚看著她，及肩的頭髮，還有臭臉。

「麻煩妳了。」我看著她冷漠的臉，有些尷尬，我應該造成她很大的困擾了吧！「對不起。」我很真心真意地說了聲抱歉。

「服務費我會照算。」她冷冷地看著我，臉從臭，到更臭。

「好。」我誠懇又恐慌地回應，順便解釋一下，「妳給我的藥吃完了，我想出去買，所以……」

「妳不用跟我說這麼多，我並不是妳的誰。」她說完，便拉著小男孩要走，「走了，你不要以為這樣你就可以不用上課！」小男孩原本真的這麼以為，結果一臉失望，慢動作地穿外套、背書包。

我和房東太太對看了一眼，氣氛有些僵。

她先清清喉嚨說：「醫生說妳要觀察一晚，沒事的話，明天可以出院，妳自己看著辦。」

「好，謝謝。對了，我要怎麼稱呼妳？」

「不重要，反正妳住到不想住就走了，我們不需要認識彼此，也不需要培養感情。」她淡淡地回應我，我也不好意思再多問，「只是覺得對妳很抱歉，還讓妳來醫院，連兒子都沒有去上課。」

房東太太很誠實地回應我，「其實我一點都不想來，我早上還要開會，要不是妳剛好被他們學校的娃娃車撞到，死小子跟老師說認識妳，我根本不會來。」原來那台大車是小男孩的校車。

「不好意思，真的很謝謝妳。」真的是太丟臉了。

「妳該謝的是隔壁病房，為了救妳而摔傷的那位先生！」

我一愣，「救我？」

小男孩馬上搶著說：「就一個叔叔啊！妳亂跑差點被撞啊，那個叔叔好帥，衝出來……」小男孩親身示範，衝去抱著房東太太邊說：「這樣抱著妳，然後滾滾滾到旁邊，他的腳被一台 BUBU 壓過去了。」小男孩示範滾著，從我的病床邊滾到了門口。

房東太太在旁邊一臉惱火。「還不給我起來，衣服你在洗嗎？」

「也不是妳啊，是洗衣機。」小男孩一臉無辜地邊起來邊說，房東太太眼睛一瞪，

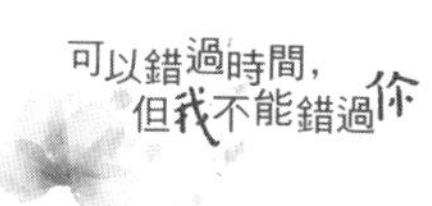

他馬上背好書包，甜甜笑著，「媽，我好了。」又是個很會看臉色，已經社會化的孩子。

我看小男孩應該五、六歲了，而房東太太雖然臭臉，但她看起來感覺比我再小個一、兩歲，她的眼神有些叛逆，不像會為愛昏頭而早婚的女人，卻有了個這麼大的孩子，那爸爸呢？沒見過，連聲音也沒有聽過。

也很有可能是我醉死成那樣，沒注意到過。

房東太太拉著小男孩要走人，小男孩轉身對我揮揮手，「姨姨，妳快點好，我會在家等妳。」他甜甜地對我笑著揮手，我的心因為那句話，像是被什麼打到一樣，然後他和房東太太離開的那一瞬間，我眼淚掉了出來。

原來這世界上還有人想等我。

我坐在病床上哭了好久，也不知道是在哭什麼，就是覺得自己沒本事留下男人，倒是很有本事讓自己變得這麼狼狽，然後哭累了，我才想到房東太太說的那個先生，救我的先生。

於是我急忙下床，頭還是有點暈，但探望救命恩人不能等，我先到護理站問了護理師，和我一起被送進醫院的先生在哪裡。

「卓先生嗎？就在妳隔壁病房五一〇。」

我探問了一下他的狀況，才得知他腳踝骨折，手部也有些挫傷，但目前已做好處理，剛剛護理師去幫他量血壓，人已經醒了。

「醒了？」我再次確定，護理師點點頭後便去忙了。我吸了口氣，走向五一〇病房，緩緩打開門，卻見病床上沒人，我才想著人去哪了的下一秒，突然有聲音在我身後出現，冷冷地、虛弱地喊：「妳是誰？」

我心一涼，「是人？是鬼？」

「如果妳要看身心科，在一樓掛號。」他聲音再次傳來，我可以確定，是人，而且是比鬼還要不友善的人，我轉身掛上微笑，他不悅地看著我，一臉我在笑三小朋友的表情，我只好不笑。

「那個……謝謝你救我，醫藥費的部分我會負責。」

「只有醫藥費？」他聲音更冷。

「不然？」我看向他打上石膏的腳，突然一想，「啊，你現在這樣一定沒有辦法上班，你請假被扣的薪水，我也會付。」

「就這樣？」

「嗯，就這樣。」我說。

他惡狠狠地瞪著我，瞪到我心裡發毛。想說自己該不會是遇到了詐騙集團，還是金光黨，還是任何一種想用車禍來高價索取報酬的死騙子？我一想，便有點不高興地看著他，結果他一臉妳在不高興什麼的表情，我有些惱火，馬上瞪大了眼睛看他，他卻直接反瞪我一眼，我嚇了一跳，他凶什麼啊！

我看著他，試著平穩呼吸，告訴自己不能輸，我從小到大被欺負的經歷還少嗎？我才不怕他。

我直接坐到病床旁的陪病椅上，抱胸看著他，「好，那你開個價碼給我，只要我覺得合理，我就會付。」

「妳付得起？」他一臉挑釁，我真的是有點被惹毛。

「奇怪了你這個人是怎樣我問多少錢你不說然後又質疑我付不起不然你是故意刁我還是故意嚇我還是故意整我你救我我很感謝但你這個人就不能有禮貌一點嗎？」對，我氣到越說越快，完全沒有斷句。

他坐到病床邊，也跟我一樣，抱胸看我，接著把臉湊到我面前說：「全世界最沒有禮貌的人就是妳了，李巧漫！」他喊我的名字時，還故意放慢了速度，我真心嚇到差點閃尿，直接起身，然後我的頭就這麼準確無偏差地撞上他的臉，他痛喊，我也大叫。

「你怎麼會知道我的名字？」

他流著鼻血瞪著我，指著門吼：「滾！」

我就這麼莫名地被趕了出來，氣得我別說是腦震盪，腦中風都有可能，於是我再去護理站問了那個人的資料，住哪裡？電話幾號？家庭成員有誰？工作是什麼？生日是幾號？

但護理師卻什麼也沒有回應，只是一臉擔心地看著我說：「李小姐，我先帶妳回病房，然後我馬上去請醫生過來，看需不需要照個腦部斷層……」

被當瘋子 again。

我不停地跟護理師小姐說明自己真的沒有事，只是想多知道一些救命恩人的資訊，我到現在只知道他姓卓，這說得過去嗎？我連想報答他，都不知道要從哪裡做起。經這一解釋，護理師才沒有去請醫生來。

而在護理師離開我的病房前，我又忍不住問了一次，「還是他有跟你們問過我的名字？」

她搖搖頭，「這我就不知道了，但他是沒有問我啦。李小姐，妳是不是對他有意思啊？」

我大笑，「怎麼可能？」

「卓先生看起來很凶，但還滿有禮貌，也長得滿帥的啊。」

我不屑，「哪裡？」

護理師愣了一下，我發現我的反應有點過激，只好馬上笑笑，她也笑笑，兩人笑笑。全世界最好的共同語言就是笑，我們笑了五秒，她說還得要去忙，便離開了，而我一直想的只有，為什麼卓先生會知道我的全名，而且口氣像是我們見過面一樣？

但根本沒有。

我被留在病房內，陪伴我的是高樂群自己創業後，拿到第一個案子的佣金時送我的皮夾，我看了礙眼，便把所有的卡和現金都拿出來，用藥袋裝著，然後把皮夾丟到垃圾桶，我今天會這樣，都是高樂群害的！

我拉開窗簾，坐在病床上想試著調整情緒，從下午到天黑，從黃昏看到繁星點點，卻怎麼也睡不著，不吃安眠藥的我，好像忘記了怎麼讓自己睡覺。

只能聽著門外護理師來來去去的腳步聲，聽著推車來來去去的滑動聲，就這麼一整夜，我聽到了三千多個腳步聲，一直到早上。我是第一批辦理出院的，我迫不及待想要離開醫院，果然清醒的時候是無法待在密閉空間的。

會喘不過氣，我覺得清醒的自己太讓人窒息了。

我離開醫院前，走到了五一〇病房，掙扎著要不要敲門，去跟卓先生說一下，我要先出院了，會再找時間來看他，但最後還是作罷，我實在是太怕自己本來都要出院了，又被他氣到住院。

問了下護理師，他最快也要明天才出院，我決定明天再來看他。

於是，我走出醫院，走在街頭，呼吸著公車、巴士和摩托車排出廢氣的空氣，好廢，好像現在活著一樣廢，我坐在路邊看著那些要去上班的人、要去上課的人，都想問他們，如果一個跟你交往十幾年的人突然說要分手，你們還能如常上班上課嗎？

應該會吧，因為現在沒有跟我一樣坐在路邊發呆的人，大家都很棒，都很堅強，全世界只有我最弱，我嘆了口氣，起身回到了晚晚安，回到了我的房間，才知道我把自己過得多悲慘。

地上一堆喝完的酒瓶，還有拆開的藥盒，我的私人用品也散落一地，房間裡全是散不去的酒味，我怎麼會過成這樣？伸手撿起第一件衣服的時候，我頓時紅了眼眶。

我爸死的時候，我媽都沒把自己搞得這麼慘了，我在幹嘛？我忍住眼淚，發了瘋似地整理起房間，拿了垃圾袋收拾該丟棄的酒瓶和垃圾，越撿越是為自己傷心，就在眼淚要掉下的那一刻，我聽到了小男孩的喊叫聲。

「妳在家耶，妳回來了，而且妳沒有喝酒耶。」我一回頭，就看到小男孩站在門口又叫又跳的，像是從來沒有在白天看過我一樣。

「你不用上學嗎？」我問。

「有別的小孩腸病毒啊。」他說，然後衝去冰箱拿了兩瓶多多，一瓶給我，「請妳喝，我有說過。」我微笑接過，然後喝了一口，「好甜，謝謝。」接著就看到房東太太走了進來，遞了一張卡和幾張紙鈔給我。

「追加的費用，總共一萬三千七，我領了一萬四，這是找妳的三百。」她說。

「我什麼時候給妳的？」我根本忘了有這件事。

她沒有理我，只是把提款卡放在桌上，見她又要離開，我開口說：「那個，我還需要再住上一陣子。」

她回頭看我，「那就等妳走的時候再一起結。」

「謝謝。」我一說完，她頭也不回地直接離開，不知道為什麼，我總覺得她應該是要跟我一起喝酒吃安眠藥，坐在路邊覺得自己怎麼這麼可憐的人，她的臭臉讓我覺得她的日子也不是那麼好過，但她為什麼能夠這麼堅強？

我低頭看看正喝著多多發出聲音的小男孩，才想起，啊，因為她有個小孩。

原來單身還有這個好處，方便厭世。

我繼續整理房間，一直覺得奇怪，我明明帶了好幾袋東西回來，但怎麼覺得數量不太對，有東西少了。小男孩直接坐在房門口，喝著多多，一臉好奇地看我在幹嘛，我拆開另一個袋子，才發現我真的瘋了，居然把高樂群當兵時在金門寫給我的信也帶來了。

我連看都沒看，一封接一封地撕了起來。

「是寫太醜嗎？」小男孩好奇地問。

「什麼意思？」

「我字寫很醜的時候，我媽也會撕掉。」他說，我笑了笑，他又再問，「妳已經不哭了？」

我一愣，「應該不知道什麼時候會再哭。」

「但至少現在沒哭啊，這樣就好了。」他說完，還不忘給我一個天真無邪的笑容。

但是可惡的是，看著他的笑容，我就想哭了，我一個三十幾歲的女人被一個五、六歲的孩子安慰到的感覺，真的很值得哭，小男孩起身，走進房間，坐到我旁邊，用手指點了點我的肩，「妳是不是沒有朋友？妳都自己一個人耶。」

我瞬間收起根本還沒有掉下的眼淚，「欸，我在你這個年紀的時候，也有很多朋友。」

「那為什麼人長大就沒有朋友了？」

其實我有朋友的，只有一個，只是我不知道她現在在幹嘛而已，我吐了一口氣，回答：「因為長大就沒有時間了。」

「媽媽也這麼說，長大除了賺錢，其他都沒有時間。」

對，活著應付生活，最需要時間了。

啊，忘了，還有應付失戀，不知道還要多久。

## chapter 4 人生沒有「如果可以」，因為我們早已走過「當初」

「為什麼長大都那麼可憐？」小男孩再反問我。

這我也不知道，我以為長大會幸福，但好像也沒有，我以為長大就什麼都不用怕了，但真的長大，好像又什麼都害怕了。

「不是每個長大的人都是可憐的……吧？」我也不確定，但我能確定的是，這個話題是不是太嚴肅，於是我試圖笑著轉移話題，「對了，阿姨都沒問你叫什麼名字呢。」

「我叫葉翔安，我媽叫葉如晚，所以這裡叫晚晚安。」

原來是這樣，但他們都姓葉？爸爸也姓葉嗎？

我心裡閃過無數種可能，但不論是哪種可能，那都是他們的人生，不是我的，我沒有辦法去評論，或有任何意見，就如同我一說出我媽是越南人，眼前總是會有各種讓人不舒服的反應。

對很多人來說，我媽是外籍新娘，但對我來說，她就是媽媽。

「妳可以叫我安安。」

「好。」我忍不住摸了摸他的頭。

但他不想讓我摸，「阿姨，妳不能這樣摸我，我女朋友會生氣。」

「好。」我縮回手，尊重他和他的女朋友。

我又繼續收拾垃圾，他就像小跟班一樣跟著我，帶著我丟酒瓶、丟藥盒，教我怎麼做垃圾分類，「你好厲害啊。」這年紀的孩子不是應該去看巧虎和佩佩豬嗎？

「我媽以前也跟妳一樣啊，喝酒吃睡覺藥。」

我頓時不知道該說什麼，只好隨口問著，「對了，怎麼沒有看到你媽，出去了？」

「上班啊。」他理所當然地回我。

我有些傻眼，再問：「是因為我在，所以你媽才放心把你丟在家嗎？」

他搖頭，「不是啊，我本來就經常自己在家，在家不好嗎？我喜歡在家。」

「那你怎麼吃飯？」我問。

半小時後，桌上就有一堆食物，我看著他熟練地拿出手機點餐，還會備註不要太辣，叫餐 app 連結了他媽的信用卡，所以也不用付錢，他請我吃了個港式燒臘便當。

「你的口味好特別。」我說，很大人。

「妳不喜歡嗎？還是要吃清粥小菜？巷口有。」他咬著叉燒對我說，我忍不住笑了笑，摸摸他的頭，「你真的是一個很棒的小孩。」他用力點頭，「我也這麼覺得。」

於是，我的胃在一個月酒水的折磨下，第一次吃了食物，應該說，第一次有意識地進食，至於平常喝醉或昏睡時到底吃了什麼，我根本就沒有印象，搞不好我連陽台盆栽種的花草都摘來吃，只是自己根本都不曉得。

吃完後，安安很乖地自己去看書，我回到房間，躺在床上，不曉得是不是因為吃完了整個便當，眼皮頓時有些沉重，接著什麼都沒有多想，便睡著了。

沒想到我居然睡得著了，而且還是躺在床上。

再次醒來，已經又是新的一天，我從昨天下午睡到了今天早上，對於我能這樣睡著，我感動得眼眶泛紅，什麼懷孕的人比較容易哭，失戀的人荷爾蒙也會改變好嗎？我走出房間，純粹想知道現在到底幾點，畢竟我沒戴手錶，手機也被我給摔壞了。

沒想到一開門就見房東太太和安安正在吃早餐，他們看到我出現，也愣了一下，

「嗨。」我說，安安開心地對我揮揮手，但房東太太卻很平淡地對我說：「我們不含早餐。」

「我知道。」其實我不知道，但不管我知不知道，我並不想吃，我覺得昨天吃的便當還沒消化完。

「但妳可以過來吃。」她這麼說。

「不用了，謝謝。」我說，但她沒有理我，只是直接倒了杯牛奶，放在沒有人坐的位置上，然後看了我一眼。好吧，我只好入座，說聲謝謝。安安熱情地在我的盤子裡放了荷包蛋和白吐司，眨著他的大眼，表示他的貼心，我也只能硬著頭皮接受。

一頓早餐吃得無聲無息，突然房東太太對安安說：「你昨天吃了什麼，怎麼吃了三百塊？」

我被牛奶嗆到，咳了好幾聲，馬上說：「不好意思，昨天便當是他叫的，我還沒有給錢。」

「要走再結。」她酷酷地說。她怎麼能這麼酷？我看得忘我，她發現我的注視，淡淡問：「看什麼？」

「沒有、沒有！」我繼續吃著早餐，她又突然抬頭說：「因為妳喝酒又吃藥差點出事，所以今天開始不再提供，如果妳還要喝，麻煩妳去住別的地方，還有，如果再發生相同的事，也不再讓妳續租。」

「抱歉。」我真的覺得很抱歉。

「抱歉留給別人，我就不用了。」她喝完最後一口牛奶，對她兒子說：「我去上班了，你要去安親姨姨那裡還是在家？」

「在家。」

「ＯＫ！」房東太太很酷地起身，對我說了一句，「他六歲多了，可以單獨在家，不要想檢舉我。」

「葉小姐，我不會！」我馬上輸誠，喊得可大聲了，她聽到我喊葉小姐，馬上看了眼安安，安安乾笑，我也乾笑，她瞬間好像不只有一個兒子，還多了我這個女兒。

葉小姐瞄了我一眼便出門，我真的是差點沒嚇死，「你媽這麼酷？」我問安安，他一臉理所當然地說：「她一直都這樣。」

好吧，我最不酷！糜爛了一個月，到現在還沒打起精神。

我很快地吃完早餐，想幫忙收的時候，安安說不行，我是房客，是付錢的人，付錢的人最大，我就這樣看他踩著小板凳，收拾餐桌，上上下下，再清洗碗筷，我發現我不能再看下去，我會覺得自己怎麼可以這麼沒用。

於是我回房間換好衣服，準備去醫院一趟，昨天和卓先生的事後賠償還沒有談完，又擔心他出院後我會找不到人，雖然昨天被他凶，至今還是有點不爽，但該面對的我還是得要面對。

整理好要出門時，見安安坐在沙發上，一手拿著多多，一手拿著哈利波特第七集正在看，我腳要踏出去時，忍不住回頭問：「你要跟我去嗎？」我還是擔心他自己一個人在家。

然後他回我，「妳需要人陪嗎？」我頓時好像又被打了一巴掌。我是怕你需要人陪好嗎？好嗎？好嗎？好嗎？

我硬是擠出笑容，「那你好好在家。」他笑著對我點點頭，於是我可以安心地踏出那扇門，叫了計程車來到醫院，做好心理準備後，走進醫院，一來到病房門口，就見卓先生正在收拾他的東西，我驚訝地上前問：「你可以出院了嗎？」

但他不想理我。

我繼續問：「出院手續辦了嗎？」

他還是不理我，正好護理師來，把一些單據給他，我才知道所有的手續都辦好了，只要去批價拿藥就可以走。我馬上一把搶過護理師手上的單子和證件，對著他說：「不好意思，麻煩你等我一下。」便衝了出去。

直接到大樓大廳取號碼牌，當我拿出暫時充當錢包的藥袋，櫃檯人員表情一變，有些憐憫地看著我，可能覺得我這年紀連個皮夾都沒有，有點可憐吧！但我沒有時間跟她解釋太多，批完價去藥局領完藥的同時，一隻手又把我手上的東西全拿走。

我轉身，是卓先生！

是卓元方先生，他健保卡上有寫，我全都看到了，還知道他生日是什麼時候，我有些得意，畢竟知道了一些他的底細，跟高樂群一樣是天蠍座，應該不會是什麼好東……好，不能一竿子打翻一船人。

但不知怎的，一直覺得這名字有點熟悉，好像在很久很久以前聽過。

「我們見過嗎？卓先生？」我忍不住問。

他頓時眼睛像點了兩把火，惡狠狠地瞪著我，瞪到我全身發寒，「怎麼了嗎？我有說錯什麼嗎？」

「不要跟我說話！」他用盡全身力氣瞪了我最後一眼後，便一跛一跛地往門口走，我真的覺得很委屈，到底是在囂張什麼？

我看著他跛著腳的背影，本來想揍他的那股氣消了。他的確可以對我這麼囂張，畢竟是他救我一命，如果不是他，我昨天躺的可能不是病床，而是停屍間的冰櫃。我深吸口氣，走過去要扶他，他馬上揮開，好像我很髒一樣。

拜託，我早上有洗澡耶。

我耐著性子說：「卓先生，真的很謝謝你的幫忙，我很誠心誠意地想要跟你談賠償的事，如果因為救我，害你現在行動不方便，我向你道歉，但你真的可以不用態度這麼差，我只想解決問題。」

他還是沒理我。我在心裡做了幾百次拉梅茲呼吸法，和他一起走到醫院門口，很有禮貌地說：「我送你回去。」

「不必。」

但我才不管他，我伸手要招計程車時，一台車在我面前停下，他看了一下手機，對了一下車號，應該是他叫的 Uber，只見他直接坐了進去。不知道是哪裡來的勇氣，我直接開了另一邊的車門上車。

一坐到他旁邊，他就死瞪著我，我好像習慣他眼裡的火，還能給他一個淡淡的微笑，他不耐煩地說：「給我下車！」

「不下。」

「滾。」

「不滾。」他瞪著我，我也沒有什麼好害怕地瞪回去，「你凶什麼啊？看不出來我真的很想解決問題嗎？你有必要一直這麼凶嗎？我是對不起你什麼了？我快被車子撞到的時候，有拜託你救我嗎？是你自己選擇救我，我真心不知道你在不爽什麼，你以為我很願意讓你救到？你去照照鏡子，看自己的臉有多臭！」我放肆地大吼他一頓。

他更火地瞪著我，我可以看得出來，他被我氣到一句話都說不出來，那剛好！

我直接湊向駕駛座，對著司機說：「抱歉，你可以開車了。」司機先生這才回神，踩下油門。他則對我冷哼了一聲，轉過頭去看著窗外。

很棒，繼續用後腦對著我，因為老娘我也不想看他！

我也轉過頭去，看著外頭風景，但還是氣到不行。

有時候，某些人就是會激發你的潛力，包含我遺忘很久的髒話。和高樂群在一起後，有些東西就開始慢慢不見，像是我的倔強、我的驕傲，還有我的脾氣，因為越來越愛他，不想讓他為難，我逐漸收起一些自己，沒有關係，因為愛他比自己更重要。

那次和他媽媽的最大爭吵，是十五年來絕無僅有的一次，一向逆來順受的我，可能是忍耐了太久的反作用、可能是那天氣氛適合大吵、可能是那天在農民曆上寫了宜爭執，反正就這麼一發不可收拾，我自己也是嚇到，很久沒這麼叛逆了。

畢竟以前在學校打架、抓女同學頭髮，或是互相問候對方家長這種事，沒必要讓愛人知道，和我媽、和我父親家那些親戚的爭吵，我更不可能主動提起，我在高樂群面前就是個獨立自主、懂事明理的女孩，所以我不曾在他面前大吼大叫，即便是一聲「靠」，我也從來不會說。

因為高樂群在還沒劈腿前，也不曾給我臉色看，人是互相的。

但我真的不知道這位卓先生到底在氣什麼，如果很後悔救了我，沒關係，可以直接罵我、直接不爽我，但這種毫無原因的悶氣，我實在是搞不懂。坐了十分鐘的車後，我還是忍不住問了，「欸，還是我有欠你錢？」我用手指戳他，他回頭瞪了我一下，又轉回去看風景。

「還是我欠你們家誰的錢？」我再問。

他回頭看著我，咬牙說了兩個字：「沒有。」

「那你可以告訴我，我到底是哪裡惹到你了嗎？我真的想不透。」我說。

他突然轉頭看著我，然後撇嘴一笑，對！他居然笑了，我覺得可怕，像是殺人魔要殺死獵物前的那一種客套，我心裡有些抖，「怎樣嗎？」

「妳大概有三千件事惹到我，妳說呢？」

我傻眼，「哪三千件？」

他沒理我，車子剛好停下，他直接下車，我也馬上跟著下車，還搶走他的背包，就是想叫他把事情講清楚，這種不明不白的罪我不想擔，「你講清楚！」他沒理我，直接往前走，我就是氣這種人，丟下一句話，然後走人，這跟射後不理有什麼差別？

「喂！」我氣到大吼，直到看見他走進大樓的那一刻，我傻住了。

呃……這不是我家嗎？那個過去和高樂群一起買下的家。

但他怎麼會在這裡下車？難道他也住這棟大樓，我真的是各種匪夷所思，接著就見他突然回頭來，看著呆愣的我說：「這樣想起來了沒？」

想起來個鬼！

當然什麼都沒有想起來啊！

他到底在講什麼啊？我真心不知道，看著他越走越遠，本來以為從今以後不會再踏進這棟大樓的我掙扎了一會，還是鼓不起勇氣踏進去，原本想轉身走，這才發現，靠！他的背包還在我手上，我只好硬著頭皮追進去。

就看到他站在電梯內，我站在電梯外說：「你的東西。」他的手好像斷了一樣死不拿，於是我走進電梯，把東西放在他的腳邊，轉身要離開時，電梯門關了，就這樣關了……

我傻眼地回頭看他，他沒有理我，我看著他按了三樓，而我住過這裡的樓層八，我喜歡八這個數字，阿拉伯數字「8」橫看就像是無限可能的符號，所以那時看完房子格局，兩人都喜歡，高樂群就直接訂了八樓。

這棟號稱高科技的智慧便利大樓，一層樓只有兩個住戶，坪數不大，很適合小家庭和新婚夫妻，八樓的另外一戶就是一對夫妻帶著剛一歲的孩子入住，隔音設備非常好，所以完全不會聽到小孩哭鬧。

或許卓先生也剛新婚？說不定也有個小孩？結果為了救我，看不到太太和孩子，才會對我亂發脾氣？我越想越替他太太感到心酸，希望他這種態度只針對我，不會這樣對待他的太太和兒子。

「妳這什麼臉？」

我一愣，抬頭看他，才發現他在看我，我有些心虛，「沒事。」

電梯到了三樓，我和他一起走出電梯，他拿著拐杖一跛一跛地走出去，背包還是死

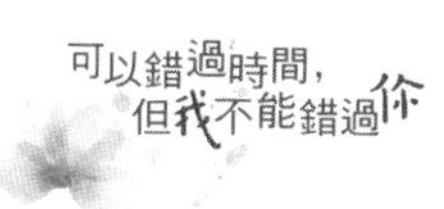



不拿，大概是直接把我當成他的看護，我耐著脾氣幫他拿起背包，然後從我的包包裡拿出在便利商店ATM領來的一疊現金，直接塞進他的背包，等我把背包丟給他時，我們就可以從今往後不再相見。

於是我跟了上去，見他直接一推，門就開了，他居然沒鎖門？

我忍不住拿出我這年紀該有的歐巴桑碎念，「雖然大樓進出都是看人臉辨識，訪客也要住戶親自帶進去，沒有管理員也很安全，但是你連門都不鎖也是滿危險的，除非你跟鄰居也熟，你就不怕別層樓的住戶跑來嗎？」

他站在門口，看著我大笑了好幾聲，我覺得他不只腳壞掉了，連腦子也壞了，超級有病，他笑完轉身進屋，我把背包放在玄關說：「我把賠償金放在你的包包裡了，如果不夠，裡面有我的手機號碼，你再打給我，我先走了。」

「等一下。」他喊住我。

「怎麼了？」我本來要走，又只好回頭。

「妳的東西不拿走嗎？」

「我的東西？」我怎麼會有什麼東西？

換我冷笑地看著他，猜到了他的打算，「欸，你是不是要我自己進去，你好對我幹嘛？」臉書隨便滑滑都一堆這種新聞，雖然我不能接受，為什麼有些人可以隨隨便便去侵犯一個人，但這種事卻是不停地在發生。

他又大笑三聲，「妳怎麼不去照照鏡子？」

我？我怎麼了嗎？不就是這個月再瘦了點，臉凹了點，頭髮剛趕著出門沒吹乾，亂了點，衣服不知道為什麼就只剩幾件，隨便拿了件洋裝套上，看起來居家了點，那又怎樣？有很醜嗎？有需要嫌棄成這樣嗎？

「你這什麼意思？」我氣得拿起他的背包往他丟去，為了接住包包，他放掉拐杖，抱住背包的同時，也跌坐在沙發上，我根本不管他有沒有可能再摔死，直接進去指著他的鼻子大罵，「我真沒看過哪個男人嘴巴像你壞成這樣的！」

當然也可能是我只交過一個男朋友，見識得太少。

他沒有回答我，只是冷冷地看著，我不斷深呼吸，克制想跳上前抓他頭髮的衝動，我告訴自己，我要冷靜，我真的要冷靜，然後開口對他說：「做人不能這樣得寸進尺，講話這麼酸，真的很討人厭……」

我說到一半，看到被他坐在身下，一件很眼熟的大衣。

這件跟我的好像，是我和高樂群去英國玩的時候買的，款式很特別，台灣根本沒有

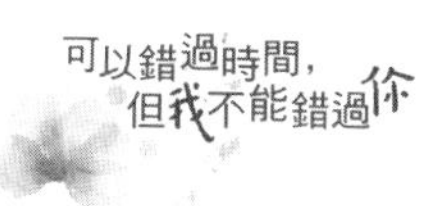


上市，而且這是女生版的，他怎麼會有？難道他太太還是女友有一件？

我這才抬頭看看他的家，客廳只有一個兩人座沙發，電視放在地上，似乎連線都沒有接，紙箱層層疊疊，最上頭的幾個紙箱有被拆開，明顯就是方便拿取，還有幾件衣服掛在紙箱外，感覺就是才剛搬來，我再看向餐椅上，上面掛的那條絲巾我也有！再看向餐桌，上面那個髮束我也有一個，再看向玄關，東倒西歪的幾雙鞋子中，也有跟我一樣的。

「你太太的品味跟我很像。」我忍不住說。

他把背包放到一旁，大刺刺地坐在沙發上回應我，「我沒有結婚。」

「那你女朋友的眼光還不錯。」我再說。

他秒冷回，「我現在單身。」

我有種不好的預感，直接從他的屁股下抽出那件大衣，「那這件衣服是誰的？這是女生款！還有那條絲巾跟綁頭髮的，不要說你有變裝癖！我不信！」

「那是妳的。」他一臉看好戲的表情。

我嚇得直接大喊，「我不信！」

他見我崩潰，笑著，我真的很想上前 send 他 treepay，但我沒有，因為我覺得自己打臉自己的可能性高到一個不行。

我馬上在大衣的口袋裡翻找，翻到鮮花保鮮管，就是那種很貴的花需要水分，每支下面就會放個小的保鮮管，這怎麼看就是我的，但我仍不信，再翻了另一個口袋，翻到一張寫著要去花市採買的清單，那上頭的字跡明顯就是我的，我無法再說服自己這件大衣不是我的。

我有些顫抖地說：「你怎麼會有我的衣服？」

他扶著椅把站起來，不帶感情地說：「妳的問題問錯了人，妳要問妳自己，為什麼來我家。」他說完又重心不穩跌坐在沙發上，我更傻眼，「誰來你家了？你不要說些沒頭沒尾的話好嗎？要說謊，也說點讓人家信的！」

「不信是嗎？」他冷笑一聲，直接伸手把我拉到他旁邊坐下，然後拿出手機點了某個 app，播了影片給我看。

我一臉莫名地搶過手機，才發現原來他玄關也有安裝監視器，然後我就看著螢幕裡暗暗的室內突然傳來急切的敲門聲，他從臥室裡走出來開門，接著我走了進來。

對！是我！真的是我！

我瞪大眼睛轉頭看著他，他不屑地伸手把我的頭轉向手機螢幕，畫面又映入我的眼裡，我就看著自己在他家哭吼，我嚇了一跳，馬上關成靜音。手機螢幕裡的我在屋子裡發瘋似地大哭大鬧，還不小心呼他巴掌，指著他的鼻子跳腳，然後拿抱枕丟他，把紙箱推倒，散成一地，最後還吐在他的沙發上。

我跳了起來，看向沙發，但很乾淨，他冷冷說：「我洗過了。」

我尷尬地坐下繼續看著手機螢幕，越看越石化，我真的覺得他不該救我的，我就應該被車撞，看著自己在別人家撒野，這畫面真的太殘忍、太可怕，我不敢面對，越看就越想去撞牆，我忍不住緩緩地滑坐到地上，形成一種恭敬的跪姿。

「對不起，我不知道自己來過，我也不知道自己為什麼會這樣，那天這樣真的很抱歉……」

「不只那天。」他說完拿過我手上的手機，滑到相簿裡，我看到了滿滿的影片，都是我，我嚇得癱坐在地，驚恐不已，「怎麼會這樣？」

他滿臉的無奈和憤怒，朝我大吼：「我也很想問啊？為什麼會這樣？莫名其妙跑來我家發瘋，滿身酒氣又精神渙散，衝進來跟個瘋女人一樣，要不是我心地善良，早就報警了，還故意不鎖門，好讓妳不用狂按電鈴自己進來，妳在我家連續鬧了一個月，突然有天沒有出現，我想說妳是不是昏死在哪條路上，才雞婆一點出去找，結果就看到妳差點被車子撞。救妳受傷也就算了，妳居然說不認識我？不認識我！妳有沒有良心啊，良心也被車子撞飛了是嗎？」

我倒抽一口冷氣，「有一個月嗎？」

他氣得差點拿拐杖打我，咬牙說：「馬上給我滾出去，滾！」

我怎麼可能滾？我連血液裡的細胞也充滿愧疚。

「對不起，我真的很抱歉，我真的不知道為什麼會這樣……但你為什麼不報警？我都這樣了，你怎麼沒有叫警察抓我？」要是我，早就報警了，怎麼可能讓一個陌生人在家裡鬧了一個月。

他突然一愣，我看著他，他也看著我，我們對看了差不多有一分鐘，他才清清喉嚨說：「看妳可憐啊。」

「謝謝。」我真的很可憐地道了謝，我怎麼活得這麼悲哀，人家在同情我啊，我居然說了謝謝。

「誰曉得妳是不是發生什麼事，我再叫警察抓妳，害妳雙重打擊，真的想不開了，我不就是殺人凶手嗎？妳說我有多倒楣？妳當人都這麼煩了，當鬼我不就直接被妳煩死。」他沒好氣地說。

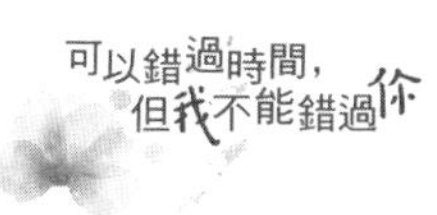


「對不起！」我說，然後又問了一個我很想知道的問題，「我是怎麼從你家離開的啊？」

「我怎麼會知道？妳可以跟管委會調大樓裡的各種監視器資料，看看妳自己有多鬧，反正我起床的時候，妳人就消失了，跟鬼故事一樣，要不是妳的嘔吐物太有溫度，我真的會覺得妳是鬼。」

「真的真的對不起。」他只是冷哼了一聲，連甩都不甩我，我就只能不停道歉，然後想到了最好的解決方式，連忙起身跟他說：「不然在你腳好之前，讓我照顧你可以嗎？看你要去哪裡，我都可以接送！」

「不需要。」

「拜託。」

「滾。」

「不要。」

他氣得乾脆不理我，跛進臥室後砰的一聲狠狠關上門，看他進房，我應該是要鬆口氣才對，但我根本鬆不了，我坐在沙發上，努力地想要想起所有的事，但我發現我根本想不出來，不管我怎麼用手、用抱枕、用牆打自己頭都沒有用，我就是失憶了，我全都想不出來。

吃完安眠藥後，我以為自己睡著了，原來不是？我居然還能回來這棟大樓，然後八樓按成三樓，在他家鬧了這麼久，我居然可以讓自己丟臉成這個樣子，失戀真是他媽的，有夠了不起。

想不起來的感覺好慌，我會不會殺了一個人，但自己都不知道？

我看著他的房門，滿心愧疚，現下我能做的，就只有剛才說的，照顧他。

我看了下牆上的時鐘，該吃飯了，但我走到廚房打開冰箱，才發現裡面只有一瓶不能吃的去味大師，這是要怎麼照顧他？我得要走出這棟大樓，但要冒著可能會遇到高樂群的高風險，我覺得很可怕。

但我還是得去，硬著頭皮也得去。

於是我看到鞋櫃上有頂帽子，我忍不住朝房裡喊：「帽子可以借我一下嗎？」他沒有理我，「好，那我借了喔。」我自言自語，再借了他的一件外套，偽裝出門，學他一樣卡住門，好方便等一下可以再進來。

我熟門熟路地在附近買了些食物和生活用品，出門前在他家掃了一眼，很多東西都付之闕如，我沒見過沒有菜瓜布的水槽，請問他不洗碗嗎？我把該買的買一買，大包小

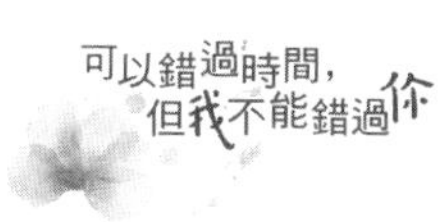

包地回到大樓，很擔心會遇到認識的鄰居，怕他們問我。

你們是不是分手了？因為有看到他帶了新女友，或是我那天看到妳喝很醉，還走錯樓層……我不是在乎別人的眼光，我只是不想回答，就算他們再關心，對他們而言，那也只是一個聊天的話題，卻是我的傷、我的事啊。

幸好我誰也沒有遇到，回到卓家，帶著贖罪的心，好好地熬粥、做小菜，準備了一頓晚餐，接著幫他打掃家裡。我站在那些紙箱前，不知道該不該幫他整理，但擔心整理到不該碰的東西，比如內褲或男人會用的東西，於是只能幫他把箱子堆到角落，讓家裡明亮些。整理屋子的時候，每撿到一樣自己的東西，我就越覺得歉疚和心虛，我真的是……怎麼有臉繼續活下去。

我待不下去了，我想逃離，於是我敲敲他的房門，「那個……卓先生！我先走了，桌上有粥和小菜，你趕快出來吃……」說到一半，他就出來了，提了兩大袋東西，一拐一拐的，我馬上去扶他，「我幫你。」

「不用。」然後把那兩袋東西塞給我，「妳可以走了。」

「這也是我的？」

「不然誰的？」他反問。

我傻眼，「怎麼那麼多？」

「問妳啊！」他指著某一包說：「這包是妳帶來的，嗆我這是妳家，說要滾的人是我，把衣服全倒出來就算了，還直接吐在那堆衣服上。」

我倒抽了一口冷氣，「那你幹嘛不丟掉？」

「因為我洗了、我洗了、我洗了！」他的怒吼簡直響徹雲霄，「其他就是妳穿來沒帶走的小外套還有臭襪子，這樣妳了解了嗎？妳懂妳這個人有多麻煩了嗎？」

「對不起……」我真的不知道自己會無恥到這個地步，他只是冷冷看了我一眼，沒有多說，我抱著那兩袋物品，連忙說著，「那我明天再來幫你做飯。」

「不需要。」

「要！」我故意把那兩袋東西往旁邊一放，從裡面拿出一件衣服說：「太多了我拿不動，我先帶這件衣服回去就好，其他的明天再拿。」

他怒吼：「李巧漫！」

我無視他的怒氣，扯出笑容對他說：「快去吃飯，晚安！」

我沒等他吼我第二次，馬上逃離他家，深吸口氣後走進電梯，幸好，還是沒有遇上誰，我很安全地離開了大樓。

走在街上，經過了越南河粉店，聞到屬於越南菜的酸香味，我頓時好想我媽，過去幾年，我都在和自己拉扯，該不該拉下臉先打給她，但一想到她不管我有多在乎她、多怕她吃虧難過，還是執意要照顧那些親戚，我又忍住想打給她，或回去看她的衝動。

她久久會傳一次「Hello」給我，讓我知道她還好好活著，有時葦葦回高雄祭拜奶奶時，會順道去看我媽，我媽總是會做很多小菜讓她提回來給我，一開始我倔著不吃，最後還是忍不住打開，心酸地吃著，替她感慨，她活了這一輩子，到底幸不幸福。

但以為自己會幸福的我，又幸福了嗎？

好像沒有。

我停下腳步，彎進店裡，點了幾樣小時候媽媽常做給我吃的菜，然後跟同是越南人的老闆娘說：「我可以跟妳借一下電話嗎？」

她笑著點頭，我在她燦爛的笑容裡看到了媽媽，我用我僅會的一點點越南話對她說了謝謝，她一臉驚奇，我說：「我媽媽也是越南人。」她開心極了！拍拍我的肩說：「電話在那裡。」

「好。」

我撥了媽媽從沒換過的手機號碼，才響一聲時，我就掛掉了，因為我快哭了，我不想讓她知道我哭了，我更不想讓她知道我過得不好，我呆站在電話前，調整了好久情緒，才坐回位置上。

「有沒有跟媽媽講到話？」老闆娘上菜時，關心地問我。

我只是笑笑點頭，有吧，在心裡。

我把思念轉換成食欲，把點的菜全吃光。

吃光了老闆娘上的菜，付錢時，老闆娘卻不肯收，我趁她不注意，把錢放在她的流理台旁，然後跑走，對，我是用跑的，我很謝謝她，在她身上，看到了一點我媽。

彌補了我一些遺憾。

我回到了晚晚安。一走進去，安安還坐在沙發上看哈利波特，才想跟他打招呼時，我就聽到了吵架的聲音，我頓時一愣，安安對我比了個噓，「媽媽在講電話……」他說到一半，葉小姐拿著手機探頭出來，見是我，也沒打招呼，直接關上了房門，爭吵聲變小了，但還是可以感覺到激烈。

我用口形問著安安，「沒事吧？」

他笑著對我點點頭，比了個ＯＫ。

「吃晚餐了嗎？」我問他，他搖搖頭，然後我再問他，「我帶你去吃麥當勞？」他再比了ＯＫ，笑得開懷，果然沒有小孩可以抵抗速食，於是我在葉小姐的房門口留了紙條，便帶著安安出門。

他帶著哈利波特，邊看邊吃麥當勞，我只是喝著可樂，看著人來人往，不知怎麼的，即便什麼事都沒有做，我也覺得心情很平靜，我很懷念這種心情，以前工作的時候，只要一忙完訂單，我就會坐在靠窗的椅子上，喝著咖啡，看著窗外的一切放空，什麼都不用想。

那種感覺，就像整個世界只有自己，妳很安全，對，就是那種安全感，我現在又有了。

「妳很無聊嗎？要不要陪妳聊天？」他突然問我，我搖搖頭，「你想看書就看書，不用顧慮我。」我說。

「妳長大了，不用朋友。」他一臉讚賞地看著我，我失笑。

他繼續看書，而門口剛好有坐著輪椅販賣小花的婆婆經過，我頓時心癢又手癢，於是出去把所有的花都買下來，在麥當勞裡，用著喝完的可樂杯子，重新插了盆花。

安安突然瞪大眼看著我，「妳有魔法嗎？跟妙麗一樣！超漂亮的，我可以帶回家送媽媽嗎？」我微笑點了點頭，他加快速度吃掉眼前的食物，我突然想念起我的小小花店。

對，它就叫小小花店。

我不是個有企圖心的人，我對人生最大的企圖就是過好每一天。葦葦常笑我，這何只企圖，根本就是雄心壯志，我現在可以理解她為什麼笑我，因為我這才知道，過好每一天有多難。

當初創業時，我就沒打算把店開得多大，我只想當自己的老闆，在能力所及的範圍裡做好工作，只要把自己縮到最小，或許可以發現幸福很大，所以才取名小小花店。

但現在才發現，把自己縮到最小，根本就什麼都不是。

現在，我想念花香了，不為房貸，不為高樂群，不為未來，只為我現在真的很想念花香，我想念花的觸感，想念客人抱走花的滿足笑容，這是我第一次打從心底想念和花在一起的日子。

雖然高樂群將我做的花束拿去求婚的陰影還在，但此時此刻，我愛花，比愛高樂群多，我想做讓自己開心的事。

「妳在笑什麼？」安安塞了滿嘴的薯條，問我。

「你知道嗎？我是個很棒的花藝設計師喔！」我說。

「那是什麼？」他問。

「會帶給很多人快樂的人。」

「那真的很棒耶，我媽也是。」

「你媽做什麼的？」我笑著問。

「賣靈骨塔的，她說可以給死人好好住，死人會好快樂。」

我頓時不知道要說什麼。

「那個……吃完我們就回家，但你可以先陪阿姨去買手機嗎？」我有印象摔了手機，但不知道它被我丟去哪裡，我昨天也是找了很久，我想它大概是跟高樂群一樣離開我了。

但，so what，再買就有了嘛。

我很快地選了新機，沒有更改號碼，這號碼是我上大學時，我媽帶我去辦手機時挑的，我沒有換過，也不打算為了一個爛男人換。很快就拿到新手機，我帶著安安回去。

葉小姐好像還在房裡，我看著安安打開她的房門，從門縫裡瞥見她在擦眼淚，她看了我一眼，快速地把眼淚抹去，我當沒看到地回到房間，坐在床邊發呆，每個人都有每個人的痛，關起門來，只有自己知道眼淚為誰流，走出房門，我們只能戴上笑容，盡可能好好活著。

我深吸口氣，開機。

各種訊息響個沒完，該關心的人沒有少關心妳，像是妙妙，每天一通訊息問我好不好，葦葦也打了好幾通，這麼久沒有回她電話，想到她每打一通，就會焦急地痛罵我一頓，「死李巧漫，最好這輩子都不要接我電話。」但我比誰都知道，她有多希望我快接電話。

我看著葦葦正好傳來的訊息，「李巧漫，妳再不打給我，我就要衝回去了喔！」

我笑了出來，我們都期待自己在摔下去的時候，有人拉我們一把。

chapter 5

你算過人生裡有幾個轉彎嗎？

無視高樂群打給我的十幾通電話，還有他要我回電的幾封訊息，我實在是不知道，當他把我所有東西打包好也寄給我了，到底還想要怎樣？怎麼還有臉打給我？

我刪了他的訊息。

然後打給葦葦，一接通當然就是那句，「妳是不是活久不耐煩了？」接著就是忍不住氣地把我臭罵一頓，「妳到底在搞什麼鬼？怎麼可以失蹤那麼久？我打去店裡都沒有人接，妳是不是把店搞垮了，不敢面對我？我現在已經在收東西了，妳等我回去好好罵妳！」

我笑了出來。

「妳還好意思笑，有沒有羞恥心啊？」為什麼聽見這句話會讓我想到卓先生？

「妳幹嘛回來？想清楚了？」我問。

「還不是妳害的，我想說妳到底是發生什麼事了？怎麼會完全沒有消息，我在想要打去給妳媽，還是直接回去罵妳，妳幹嘛了？為什麼都關機？」

「手機壞了。」這是真的。

「是不會快點修好嗎？那店呢？」她問。

「目前店休中。」

「妳和高樂群怎麼了？」

「分手了。」我有些意外，自己可以說的這麼輕鬆。結果換葦葦在電話那頭停頓，停了好久，我也不催她，畢竟這年頭可以交往十五年根本奇蹟，然後交那麼久又分手，這很值得上重點新聞的跑馬燈。

「我馬上回去。」她說。

「不用！我沒事了。」我說。

「妳騙人！」

「如果是三天前，可能是騙人，但我現在真的好很多了。妳呢？」

「我沒事。」

「妳才騙人！」我笑了笑，她也笑了笑，說：「好啦，妳會笑，表示真的沒騙人。」

「但妳會笑就真的是騙人，妳可以回來，但不要是為了我，要是為了妳自己。」

「我也不知道自己現在是怎麼想的，其實我很想他，真的很想，但想到要結婚，我又覺得很可怕。」我聽得出葦葦的恐慌。

「那妳再好好想想吧。」我說。

我幫不了她，人生所有的恐懼和無助都得靠自己走過，我會為她擔心，但我們都知道，只會擔心是沒用的，我也說不出什麼大道理來安慰她，我們都很清楚，能聽進大道理的時候，都是已經不痛了。

腦子不殘了，才能去想。

「妳都幹嘛了？」我問。

「就住朋友酒莊，每天吃飯喝酒說話，就很輕鬆自在。」葦葦一說，我又忍不住想起卓先生，我也是喝酒啊，但怎麼能夠讓他這麼不輕鬆？

「妳要不要來找我？」葦葦建議。

「不了，我在還債。」我說。

「還什麼債？」

我把救命恩人的事告訴了葦葦，她在電話那頭笑到岔氣，我不能理解，笑點在哪裡？「笑夠沒？」

「妳不覺得很浪漫嗎？」

「哪裡？」

「所有特別的巧合都是浪漫。」

「妳是法國人口水吃多了嗎？」

「沒有好嗎？這個月真的是我單身最久的一次！好啦，妳繼續加油還債，如果想我，就來找我，我幫妳介紹法國口水。」受不了她，我們又再東聊西扯，說了好多廢話才掛掉電話。

原本就已經為自己鬆口氣的我，又頓時感到更放鬆，精神都來了，也不知道為什麼，就今天特別想要振作。

可能是失憶的那一個月讓我間斷了一下人生，但始終得要回到生活的軌道；也可能是跟葦葦的廢話連篇，讓我覺得自己並非孤立無援；也可能是安安捧著那盆花，急著送給媽媽的期待表情；我也不知道，有太多可能，讓我想好好生活，但我想最大的可能就是，看到高樂群的名字出現在我的手機上時，我的心裡只有厭惡。

我是不是走出失戀了？我很認真地思考這個問題，然後想到睡著，當然隔天起床的時候還是沒有答案，但無論如何，我今天也沒有對不起自己，我好好地讓自己睡了一覺。

我離開房間時，葉小姐和安安已經不在了，我抬頭看了眼客廳的時鐘，才發現居然都十一點多了，天啊！我不是要還債嗎？怎麼還會睡到這個時候？我快速地整理好自己，換上昨天我從他那裡帶回來的衣服，想到自己前前後後丟了那麼多東西在他家，我就想用袖子勒死自己，但得先等我還完債，我不想下輩子還要欠他。

我先去超市買了食材，另外還買了口罩好掩護自己，然後衝到他家門口，本來以為他不會鎖門，但我錯了，我只能狂按門鈴。

結果都沒有人回，難道是知道我會來，不想看到我，只好跛著腳出門嗎？奇怪了，住院兩天都沒鎖門，現在才開始要防我嗎？我不甘願地再多按幾下，還是沒有回應，難道我昨天的真心誠意還是沒有打動他？

一定是我的粥煮得不夠好吃。

正當我打算回去好好查查食譜，晚上再來時，門突然開了。他T恤穿反，褲子有穿但沒有拉好，頭髮還在滴水，氣沖沖地朝著我喊：「妳等一下是會死嗎？」

「你在洗澡？」

「妳看出來了？還不算蠢！零零零零！」他再朝我吼了這句。

「零零零零是什麼？猜字遊戲？」我問。

「密碼啦！」他瞪了我一眼，口氣超不屑，轉身拐著腳進去，我直接走過去，讓他的手扶在我的肩上，關心地問：「你明明腳在痛，為什麼要洗澡？而且出來也不拿拐杖……」

「妳門鈴按得比高利貸討債還凶，我有時間拿嗎？」

「呃，抱歉。」這的確是我的錯。

我扶他到沙發上坐好，他馬上說：「我要去餐桌那裡！」

「喔！」

我又扶他過去，看到桌上有些看起來像報表的東西，忍不住問：「你在工作？」

「看不出來嗎？」

「你從事什麼行業的啊？」

「個人隱私。」他頭也沒抬地給了我一根軟釘子，我忍住氣，在心裡喊了十遍他是我的救命恩人，才忍住不把他另外一條腿打斷。

「你忙，我去幫你做午餐，想吃飯還吃麵？」

「隨便。」

「那咖哩飯？還是牛肉燴飯？」

「隨便。」

我真心覺得他再這樣下去，離雙腳都骨折的日子就不遠了，我沒有理他，轉身去準備午餐，然後我炒了麵，煮了鮭魚味噌湯，面對面坐著，他邊吃邊工作，我邊吃邊滑手機，像去小吃店吃飯，剛好併桌一樣，各做各的事。

「還有嗎？」他問。

我一愣，「還有什麼？」

「麵！」

「要幹嘛？」

他白了我一眼，「要吃啊！不然要幹嘛？妳的頻道到底在哪裡？可以調到正常人對話的那一頻嗎？」

我瞪了他一眼，拿過他的碗幫他又盛了滿滿一碗，放到他面前，「沒吃完你就死定果。

了。」他也沒理我，邊吃邊工作，我看到他的湯碗也空了，主動幫他添滿，接著去削水

吃完飯，我收拾碗盤後把水果放到他面前，他愣了一下，抬頭看我，一臉意外，我忍不住問：「幹嘛這麼驚訝？沒吃過水果？」

他有些倔地回應我，「只吃過不用削的水果。」也難怪，他眼前的水果盤就有七種水果，連櫻桃籽我都挑出來了。我是個喜歡吃水果大於吃飯菜的人，所以我很在意在對的季節買對的水果，而且要放得滿滿的，很漂亮。

「為什麼？」

「因為我不會削，也沒有人會削給我吃。」

「對喔，你單身。」

「閉嘴。」

我沒生氣，只是建議他，「多吃點奇異果，可以穩定情緒。」他馬上又賞我一個白眼，我朝他笑了笑，第一次贏的感覺真好，他沒理我，繼續工作吃水果，我便去刷碗洗碗，做著家務，他仍工作中，中間打了幾次電話，但我沒聽清楚，接著要去他房裡打掃時，他突然大吼：「不要進去！」

我嚇了一跳，放在門把上的手馬上收了回來，「幹嘛那麼大聲，嚇死人了，裡面是有屍體嗎？」

「不好笑。」他瞪了我一眼。

我乾笑兩聲，我以為會好笑的，「那你換下來的衣服怎麼辦？」

「我自己洗。」

「OK！」我可以理解，他一定是怕我洗到他的內褲，所以才不願意我進他房間。沒問題，我少打掃一個地方，多省時省力。

看一下時間，才下午三點多，就是一個主婦尷尬的時間，家事都做完了，準備晚餐太早，應該是可以午睡的時候，但我怎麼好意思睡，只好繼續滑手機，滑到一半，妙妙居然打來了，我嚇了一跳，但換了新手機不熟，按了接聽鍵，又不小心按到擴音。

瞬間聽到妙妙哭喊的聲音，「巧漫姊！」

卓先生馬上向我看來，我尷尬得想關掉擴音，結果卻回到桌面，我越慌就越找不到按鍵，妙妙的聲音一直在屋子裡響著。

「巧漫姊！妳終於接電話了，妳在哪裡？我好擔心妳，妳手機都不接，我還以為妳想不開會去死……失戀沒關係啊！男人再找就有了嘛……」她哭的程度可以去扮孝女白琴打工，我整個手忙腳亂，好不容易才換成正常的接聽模式，我不安地望了救命恩人一眼，他才低頭繼續工作。

「我沒事。」我趕緊回應妙妙，真的很怕她繼續失控。

「真的沒事嗎？我還打去給樂群哥！」

「打給他幹嘛啦？」我真的會嚇死。

「問他是不是把妳關起來了，不然妳怎麼會消失不見，結果他說他也在找妳，有事要跟妳說，還一直問我知不知道妳在哪裡，還好妳終於接電話了，不然我真的會去報警。」

「我沒事，真的，謝謝妳這麼關心我，我手機之前壞了，剛買新的，妳不要再打去給他了。」

「我也不想，討厭死他了。」

「不說他，妳爸心臟支架去裝了嗎？」

「早裝好了，現在出院在家，白天都可以出去找朋友下棋了。」

「那就好，這樣一來，妳應該可以準備上班了吧？」

「根本找不到工作啊，連打工機會都很少。」妙妙說。

我深吸了口氣，「不用找了，回來店裡吧！」

妙妙在電話那頭開心大叫，「真的真的真的嗎？花店要重開了嗎？」

我看了一眼救命恩人，沒忘了自己要還債的事，便對妙妙說：「我打算重新營業，但可能要再過一陣子，我還有重要的事要做，等我忙完再通知妳，不過妳有空可以先去店裡整理環境。」

妙妙有備用鑰匙，我還請她替我把那幾箱還在花店裡，我沒拿完的一生給處理掉，該送人就送人，可以捐出去的就捐出去，我都不要了。

「好，反正我就先去花店準備就對了。」

「對，麻煩妳了。」我掛掉電話，一轉頭就看到救命恩人在看我，我一愣，難道剛剛說的他都聽見了？我有些尷尬，「剛我朋友說的那些……」

「我都聽過了。」他語帶譏諷地說：「我知道妳失戀，我也知道妳和男朋友在一起十五年，你們走過很多風風雨雨，雖然我聽不懂是哪些風雨，但反正不關我的事，喔，對了，我還知道妳討厭他媽，妳罵前男友的每一句髒話，我幾乎都會背了，畢竟我聽了一個月。」

「對不起。」

「我想喝咖啡。」他突然說：「妳會手沖咖啡嗎？」

「會啊。」

於是他指著廚房旁的櫃子說：「我要喝咖啡。」

「咖啡有些刺激，醫生有說你可以喝嗎？」我問著，但他不理我，也好像不打算理我，只想要喝咖啡，我只好去沖，盡量把咖啡因沖厚一點，讓他刺激一點，我覺得他需要清醒一些，才知道自己的態度有多討人厭。

我把咖啡沖好放在他面前，他頭也不抬地說：「重泡。」

我傻眼，請問是把我當星巴克店員了嗎？他們還有咖啡機耶，我是手磨豆子才沖好一杯，現在又要我重泡？不然隨行卡拿出來啊！我瞪著他的頭頂，再次深呼吸，在心裡吶喊了十次「他救過我！他救過我！他救過我」才轉身重沖。

直到第四杯，他才勉強喝了一口，再繼續沖到第十杯，他才嗯了一聲，沒把咖啡推到我面前說重泡，我當下直接癱在椅子上，他突然抬頭像施捨般地笑了一秒，「妳是不是覺得我在整妳？」

「沒關係，我欠你的。」我直接說。

「我沒要妳還，妳覺得累、覺得不高興，可以走。」他說。

我嘆了口氣，「卓先生，我知道自己給你造成很大的困擾，我並不曉得自己喝醉會跑來這裡，我忘了這些事，我很抱歉，但我是真的很想彌補你……」

「我不需要，我有說要妳補償我什麼嗎？是妳自己在哪裡腦補，不記得我就算了，不記得來這裡鬧過也算了，我有開口要妳一定要做什麼嗎？妳以為妳來這裡煮煮飯還是做做家事，就是補償了嗎？因為妳亂了一個月，我的生活嚴重被影響了一個月，又因為救妳，我連工作都得在家做，妳覺得妳能彌補我什麼？妳可以回去做妳的事，沒必要把自己搞得這麼委屈。」

我真心不知道我在他心裡這麼惹人嫌，他這麼討厭我，讓我覺得有點難過，沒有人需要我的付出，是我自以為他們需要，高樂群是，他也是。

我強壓下那股要衝上來的難過，對著他說：「好，我不會再來了。」

說完後，我便直接把留在這裡的兩袋東西抱在手上，然後走人，這感覺比我離開八樓時還要難過，此刻我有種被狠狠羞辱的感覺。東西多到我拿不住，我怪不了他，我也不能怪他，畢竟手裡這些都是我曾經騷擾過他的證據，他會這麼討厭我，也是正常。

我走出他家，幫他關上了門，接著搭電梯到一樓，才剛踏出電梯不到三秒，紙袋底部居然直接裂開，東西掉了一地，那一瞬間，我覺得被拋棄還不是最悲慘的，最難以接受的是，在我收拾滿地狼狽的時候，我聽到了高樂群的聲音。

從門口，由遠到近。

他和某個女人開心的對談聲，聊著等等要去哪裡吃晚餐，等等要看哪部片，聊著等一下誰要先去洗澡，聊著我曾經和高樂群聊過的事。

我發現我全身都在發抖，怎麼辦？我覺得我就要被他發現了，我覺得下一秒，他就會看到我，然後露出驚訝的眼光，那他會對我說什麼？

「妳怎麼會在這裡？」可是我以前一直住在這裡。還是他會裝沒事地向我介紹，「這是我女朋友。」那我肯定會甩他一巴掌，朝他丟一句關我屁事，場面會再度難看。我希望他不要看到我，拜託，我還沒有做好準備。

但我就聽到他女友說：「有人東西掉了，過去幫忙。」

他居然說：「好。」

如果我手上有農藥，我會馬上喝掉，但沒有，我聽著他們的腳步聲越來越近，我頭皮發麻，我動彈不得，下一秒，我聽到電梯到達的聲音，「噹」的一聲，電梯門在我眼前打開，救命恩人拄著拐杖從裡頭一拐一拐地走出來。

接下來的動作幾乎是一氣呵成。

我起身衝向卓先生，緊緊抱住他。

「妳幹嘛？」他愣了一下。

我直接把臉埋在他的胸口，幾乎就要哭出來地小聲說著，「拜託，不要推開我，拜託……」我求著他，然後聽到高樂群說，「好像是她男朋友來了，我們還是上去吧！」

我覺得自己在發抖，我抱著救命恩人，閃避高樂群的視線，讓他連我的背影都不要看到，我怕他仍會發現我是誰，直到他和新女友走進電梯上了樓，我看到電梯停在八樓時，我整個人才虛脫地跌坐在地。

不誇張，就是跌坐在地。

然後我掉著眼淚，收拾地上的東西，卓先生遞了手機給我，「妳手機沒拿。」我接過手機，繼續撿地上的東西，但袋子都破了，我就抱著一堆東西，撿了什麼，又掉了什麼，一直來回幾次，最後真的撿不了，我直接蹲在地上哭了出來。

我不知道我在哭什麼，就是各種委屈、各種丟臉，我哭的不是高樂群和新女友誰要先洗澡，我哭的是我的自尊，就跟這些散落一地的東西一樣，多破碎、多零散。

「還要哭多久？」卓先生的聲音自我頭頂傳來，我才發現他還沒有走，可能在等我的一聲謝謝，我抬頭看他，說了聲「謝謝」，然後就看到他滿手我的衣服和鞋子。

我嚇了一跳，趕緊起身，「你放著，我自己想辦法帶回去就好。」

他沒有理我，只是說了一句，「妳有時間再來我家拿，如果妳不想要，我也可以幫妳丟掉。」

「丟了吧，謝謝你，真的很謝謝，不管是之前，還是剛剛，真的都很謝謝你，剛剛不是故意吃你豆腐，總之，謝謝。」我的謝謝說得極其誠懇，反正以後不會再見面了，我再也不踏進這間大樓了，NEVER！

於是我給了救命恩人一個感激的微笑，只是他還是不領情，表情一如往常的不屑，反正我習慣了，也不在乎了，我轉身離開，走沒兩步，突然想到，他抱了一堆東西，這樣怎麼上樓？我又折返，但他已經不在大廳了。

我拖著疲累的身體回到晚晚安，才躺到床上，我的手機震動了，一個陌生的號碼傳了封簡訊來，「東西我沒丟，妳隨時可以來拿。」我看著訊息，真的搞不懂這個男人到底在想什麼？一下好一下壞。

完全不懂，也不想懂。

接著手機不停地震動，我再拿起手機一看，是高樂群，我沒有接，然後他好像跟我槓上了一樣，一直打一直打一直打，最後我接了起來。

「為什麼不接電話？」高樂群指責的口氣讓我很不高興。

「不想接。」

「我有很重要的事找妳。」

「我們之間還有什麼重要的事？」

「妳明天什麼時候有空？」

「如果是你要約我，我這輩子都沒有空。」

「李巧漫！」

「幹嘛？」

「我跟妳約明天早上十一點，地點我會傳給妳，妳不來的話，我只好請妳媽出面。」他這是威脅嗎？

我愣了一下，從床上彈坐起來，「高樂群，你在搞什麼？有必要連我媽也牽扯進來嗎？」

「我也不想分手分得這麼難看，但是巧漫，該處理的還是要處理。」

「我們的事歸我們的事，你剛說到我媽是什麼意思？」

「我只是怕妳又拖，對大家都不好，反正明天見面再說。」他直接掛掉電話，說的好像自己多可憐一樣，我氣得想丟手機，但我沒丟，我已經因為他砸壞一支了，沒必要為了他再砸壞第二支，我只是真的好火、好火！

我火到衝向冰箱拿酒，但裡面只有一排養樂多，我氣得全部喝完，留了紙條給安安，明天，明天一定賠他兩排！

等我去教訓完那個王八蛋，我一定會補回冰箱。

我再氣呼呼地回房間，氣呼呼地搥著床，接著氣呼呼地睡著，真的是氣到無力只能睡。我當初何必吃安眠藥，搞不好被高樂群多氣幾下，我就可以好好睡，而且還可以直接睡到身亡，名副其實的被氣死。

我醒來，拿起手機想看時間，結果上頭就跳出高樂群半夜傳來的訊息，「不要忘了。」還附上一間咖啡店的地址，真的是陰魂不散。

見時間還早，我又想念花市，便決定去看看花，於是我洗了個澡便馬上出門，到花市買了些簡單的花材，和攤販的大哥大姊寒暄了一下。

他們擔心地問我去了哪裡，還說花店都沒開，到底是發生什麼事了？看著他們一個個關心我的眼神，我笑了笑，說自己去很遠的地方旅行了一趟，一趟這麼長的旅行，兩個人去，只有我一個人回來。

或許，老天爺讓你去愛，不是為了讓你快樂，而是最後要你學會什麼叫作孤單，兩個人太不容易。

我離開花市，回到花店，就看到才半天的時間，妙妙已經把店裡整理得像過去準備開店一樣，連花筒都刷得好乾淨，看到有人跟我一樣深愛這裡，我就覺得心裡好安慰，重點是那幾箱東西都不見了，原本是我的一生，但既然我決定好好活下去，那些東西就成了我的前半生，不要了，丟了，反正我還有下半生。

我把買來的花整理了一下，插在店裡我最喜歡的角落，然後決定換個風水，想改變一下花店的擺設，於是我自己一個人推著冰箱、工作檯，把店裡頭變了一個樣，頓時覺得身心舒爽。不知道忙了多久，接著妙妙就來了，傻眼地看著我，「妳自己一個人搬的？」

「我就是自己一個人啊。」

妙妙苦笑了一下，過來擁抱我，「巧漫姊，我好想妳。」

「我也是。」好想念我自己，想念那個平靜溫柔，對這個世界雖然恨，但因為還有愛的人，所以覺得還能支撐下去的自己，可是現在我真的好討厭這個世界，心裡總有一股憤怒，一直悶著。

像是搶我計程車的人，我會希望他拉肚子三天；或是玩手機不看路，撞到我還不道歉的人，我就會希望他下次被撞飛，手機最好掉進水溝，買的新手機還故障。即便我可以面對我的失戀，我還是看這世界不順眼。

但在花店裡，聞到花香會讓我平靜，好像回到過去那個李巧漫。

我也擁抱了一下妙妙，千言萬語都在擁抱裡，其他的就沒有什麼好再說的了。她也懂，我們放開彼此後，便各忙各的，她繼續處理雜事，我繼續整理包裝素材，又收到了高樂群傳來的提醒訊息，到底是有多怕我不出現？我不太爽地把手機一丟，妙妙看了我一下，有些擔心地問：「誰啊？」

「不重要。對了，我等等要出去一趟，如果有客人進來問，妳就說營業時間會在粉專上公布。」

「好。」

在我整理好東西，準備要出門的時候，突然有人開門進來，妙妙超有精神外加親切地喊了一聲，「歡迎光臨。」我抬頭一看，整個人定住了，看著妙妙上前招呼她，我突然喉嚨一陣乾。

「抱歉，我們還沒有營業喔。」妙妙說。

「我想說店門開了……妳是老闆嗎？」

「不是，老闆在這裡。」妙妙比了比我。

她笑臉迎人地走到我面前，我看清楚了她的臉，比監視器裡、比驚鴻一瞥的看起來更緊實，五官更加立體，氣質也非常好，她是個很棒的女人，我不想拿自己和她相比，我覺得自己會受傷。

「妳好，我真的好喜歡妳包的花，我很久之前就是妳的客戶，連我男朋友跟我求婚，也是訂妳的花，我看到真的好開心，沒想到我們居然這麼有默契。」

「恭喜。」我真的不知道我怎麼還有力氣說出這句話。

「謝謝妳，因為妳的花，我真的很幸福。」

「不客氣。」我咬牙回應，想要離開的時候，她又說：「下星期二剛好是我們戀愛兩週年的日子，我也想要跟妳訂花。」

我有些錯愕，「兩年？」不是三個月？

我只知道高樂群劈腿，我以為他只是最近剛劈腿，我以為他只是最近才不愛我了，兩年又是怎麼一回事？那時候我們正準備買房子過一輩子啊！

「是啊，我們幾年前合作過，後來我出國進修沒有聯絡，之後回來台灣，一次業界聚會時，我們又遇上，我年紀也不小了，說要以結婚為前提交往，他馬上就答應了，一交往就帶我去看了房子。」

「房子……」

「對啊，就在附近啊，科技智慧大樓那棟，那個建案我看了很喜歡，雖然很貴，但他馬上就買下來，結果我們工作都忙，他也比較常住在我家，買的房子就空在那裡，現在要結婚了，我自己是室內設計師，打算重新裝潢，之前樣品屋的設計，不是我喜歡的風格，我現在想在屋子裡面做間小溫室，最好像妳的花店這麼有質感，所以想請妳來幫我看看，給我一點意見。」

我頓時天旋地轉。

原來那不是我們的家，是他和這個女人的家，什麼樣品屋？那是我辛辛苦苦裝潢布置的家啊！結果我只是幫忙他付頭期款和減輕房貸負擔的室友。打從什麼時候開始，他可以壞得這麼不要臉了？打從什麼時候開始，他變得這麼會算計，一次打兩個女人的主意？

我先幫他買了房子，讓他好好地跟這個女人交往，一邊交往一邊評估，一確定我不是他要的，我就被他丟掉。

我覺得好可怕，我愛過的人，怎麼壞掉了？

「妳很愛他？」我發抖著問。

「當然啊，他對我很好、很疼我，雖然很忙，但都會抽出時間來陪我，有時候我怕他累，說要去他家陪他，他都說不用，他來陪我就好，就捨不得我跑來跑去，節日就算再忙，也一定會抽一個小時來陪我吃飯，我爸媽也很喜歡他，準備投資他的事務所，啊，我忘了說，他是建築師。」

是渣。

我真的覺得自己快要不能呼吸，我看著她，看著她臉上的幸福，覺得可憐的人不是我，是她，她比我可憐太多了。

我怕我再繼續看著她，我會為她哭，於是匆匆丟下一句「我還有事，先走了」，便拿了我的包包轉身走人。

「喔，那下次再聊。」她熱情地說。

最好不要有下次了。我連回都沒有回應她，我很怕我一開口，就會掀了高樂群的底，但我要忍住，因為做錯事的人得要自己承受面對真相的難堪。

我搭車來到約好的咖啡店外。

本來一肚子氣，但在看到咖啡店門口的庭院有一大片草皮，我頓時被吸引，我很意外在市區有店家願意割捨這樣的面積來植草皮，而不是放桌子增加來客率，我留戀地多看了幾眼簡單的庭院，忍不住想著這裡種些什麼好，那裡種些什麼好，那一大片落地窗前應該種些什麼好。

想了很久，突然聽到有人喊我，「巧漫！」我回頭就見高樂群站在門口，對我揮手，不是有多想看見我，而是一臉等得不耐煩，要我快點過去。我深吸口氣，先走進店內。

裡頭很明亮舒服，雖是老宅改建，但各種方形和圓形交織的設計和圖案，又有另一種特別的時尚感。我也是進來才知道，這間咖啡店的空間比想像得大，還是樓中樓，坐滿了客人。

「巧漫。」高樂群在位置上喊我，我走向他，在他對面坐下。

「我幫妳點了一杯妳喜歡的冰美式。」他把咖啡推到我面前。

我推了回去，「你記錯了，我不喝冰的。」他一陣囧。

我真的好想冷笑，但我不屑，只是淡淡地問：「有什麼事？」

他先是看了我一眼，接著從文件夾裡面拿出資料，「因為房子當初登記在兩個人的名下，所以妳要辦過戶。」

我看著桌上的文件冷笑。

「你有沒有很後悔，當初為什麼要提議兩人一起買？其實就算你不登記我的名字，我也會無條件幫你出頭期款，甚至是幫忙付房貸，結果現在又要過戶，是不是覺得很麻煩？」

「妳知道我不是那種占女人便宜的人，我怎麼可以讓妳平白無故為我付出，既然妳也有付，本來就該共同擁有。」

「不是吧！應該是那時候你還沒有決定要選誰吧？」

他表情一變，「我不知道妳在說什麼。」

「你怎麼好意思訂我的花去求婚？」我問，他沒有回答。

「你女朋友知道你劈腿嗎？她知道你的為她著想、捨不得她奔波，其實是因為你還有個交往十幾年的女朋友在家嗎？」

他一臉驚訝地看著我。我突然眼眶一熱，覺得過去自己十幾年簡直跟個白癡沒兩樣，失敗的人到底是我還是他？

「嚇到了？很意外我怎麼會知道得這麼詳細嗎？」他雖然沒有回答，但表情說明了一切，我很好心地替他解答，「你女朋友剛才來我店裡，興高采烈地說著要在家裡做個溫室。」

他更加震驚。

「還希望我幫忙。」

「妳怎麼說？」

「你希望我怎麼說？」

我看著他，看著不知道在什麼時候壞掉的他，好想知道，這十五年來，我們曾那麼親密，我是什麼時候開始不了解他的？到底是從什麼時候開始，我們之間的距離拉得這麼遠，遠到我看不清他？

他沒有回應我，我倒是很想問他，「我到底算什麼？」

我真的很想問他，我到底算什麼？為什麼可以讓他這麼對我？我一直過不去的，是我不知道自己做錯了什麼，他才決定不要我、不要這段感情。

我還是一如既往地愛他，不！是更肆無忌憚地愛他，我並沒有背叛他啊，也沒有背叛這段感情，但為什麼他突然不愛我、不要我了？我沒變啊，但為什麼受懲罰的人是我？

「不是三個月，是兩年，你把我當成什麼了？你告訴我好嗎？你到底是用什麼心態跟我一起買那間房子？你怎麼可以這樣對我？我不是跟你在一起一年，是十五年，十五年啊！是我最美好的青春，都花在你身上，你有珍惜嗎？有嗎！」

他突然變了臉色，「妳小聲一點可以嗎？」

「我也很想小聲，但我真的很想跟全世界的人說，你真是個人渣！你是怎麼踐踏我的付出？你是怎麼無視我的感情？你是怎麼對待我這個曾經跟你同甘共苦的另一半？」

「不要都說是妳付出，我就沒有嗎？當年我媽不能接受妳，我不也還是選擇了妳？我也是拋開一切跟妳在一起，但我就是不愛妳了，妳要勉強我什麼？難道跟妳在一起十五年，我就要負責妳到老嗎？我沒有決定自己未來要跟誰在一起的權利嗎？妳花多少時間，我就花多少時間，妳有吃虧嗎？」

他一字一句說得鏗鏘有力，好像我問的問題，都只是我的問題。

「而且我常常在想，如果當初我們沒有在一起，我或許根本不用吃那麼多苦，以我家的背景和我的條件，我早就成功了，還需要這樣轉一個大彎，才走到現在這樣嗎？我們註定就不是同一類人，別再老是說妳跟我同甘共苦，要不是過去傻傻愛妳，我何必吃苦？我就是想開了，有錯嗎？」

我氣得拿起冰美式直接往他身上淋，他火大起身，下一秒就要呼我巴掌，但他忍住了，忍住的原因不是他還有點人性，而是有人大喊「不准動手」。

一向不喜歡讓別人注目的我，頓時成了全場焦點，所有的人都看向我這邊，但我竟然不在乎，我也沒回頭看是誰，因為我氣到全身都在發抖，眼神只能瞪著高樂群，看著他舉在半空中的手停在我眼前，我痛心地問了最後一句，「你就沒有一點點覺得自己對不起我？」

「沒有。」

我深吸口氣，「好，要解決房子只有一條路，就是你過戶給我，我跟你買！」我就算貸款貸到死，都不會把房子給他，更別說讓他的新女友動我辛苦裝潢布置的家。

那個家可以沒有男主人，但必須是我的。

「妳一定要把場面搞得這麼難看嗎？」

「場面不會難看，是你難看而已。」我憤憤地說。

他氣得用力拍桌，然後起身走人，在場的客人交頭接耳，看著我的眼光，就像小時候我上台自我介紹，說到我媽媽是越南人一樣，那種好奇又帶著打探，甚至有一些些鄙視的眼神，我不陌生。

我早習慣了，我早他媽的不在乎了。

我在乎的是，高樂群到底還能讓我多失望？

chapter 6 變強就是，最痛的地方不痛了

我不敢再想，也不想再去想剛才的高樂群有多麼讓人心寒。

我只想起身離開這裡，結果一轉身又和某個人撞上，我跌回座位，而被我撞到的人則跌坐在地，我都還沒有緩過神來，就見穿著圍裙的店員急忙跑來扶起他，邊說著，「方哥沒事吧！」「方哥你的腳有沒有怎樣？」

我定睛一看，才發現，原來再次被我撞倒的人，是卓先生，而剛剛說不准動手的人也是他，我看著被扶起的救命恩人，忍不住苦笑，「你上輩子是欠了我多少？」

他瞪著我，咬牙切齒地說：「我也很想知道。」

「謝謝。」我好像只能對他說謝謝。

「謝謝至少比對不起好聽。」他回應我，下一秒我見他緊皺眉頭，忍不住問：「你怎麼了，表情怎麼怪怪的？」

「嗯，因為我腳很痛。」他說完的同時流了一滴冷汗，我嚇了一跳，馬上請店員叫計程車，陪他到醫院一趟，醫生看到是我們，也一臉無言，畢竟要摔到同一個地方的機率真的很小，照了X光，又打了止痛針，醫生交代明天要再複診一次就讓我們走了。

「我送你回去。」這次他沒有拒絕。

在車上時，本來沉默無語的他突然問了我一句，「妳沒事吧？」

「你關心我？」

「閉嘴。」他又轉過頭去。

那就是關心我。我笑了笑，說了一聲，「我沒事。」他沒有回我，繼續看著窗外，但我知道他有聽見。

到了大樓門口，他要我直接回家，但我沒理他，逕自下了車，上前扶著他，「走吧。」不知怎麼的，我突然一點也不害怕看到高樂群，我光明正大，我在這段愛情裡坦坦盪盪，我沒有對不起誰。

那為什麼我要躲？

「我真的不需要妳照顧……」

他說到一半，被我打斷，「還是你要我公主抱？但我做不到。」

「閉嘴。」很愛叫我閉嘴。

我們一起上了樓，我扶他進門時問：「要去床上躺還是坐沙發？」

「沙發。」

「你房間真的有藏屍體？」

「閉嘴。」又來了。

我扶他去沙發上坐著，他躺了下來說：「我睡一下。」

「你開心就好。」

於是他躺了下來，很快就睡著了，而且打呼，超級大聲，嚇死人的大聲，不知道的人會以為他三天沒睡覺。我沒有吵他，看了一下冰箱剩下的食材，又去了超市一趟補貨，幫他把冰箱填滿，然後為他準備晚餐，等他自然醒來。

但他完全沒有醒，我就看著晚餐涼了，看著他睡到晚上十二點，覺得自己該回家了，但我才小心翼翼地拿起包包，他就突然睜開眼睛。

要不是我知道他是活人，真的馬上嚇死。

「你一定要這麼戲劇性地起床嗎？」

「幾點了？」

「十二點零三分。」

「我睡到現在？」

「對。你昨晚是沒睡嗎？」

「嗯。」

「為什麼不睡？」

他瞪了我一眼，「妳昨天坐在大廳哭那麼久才回家，我傳簡訊給妳也沒有回，就怕妳又喝醉來我家啊！」

「結果我睡死了。我沒來你是不是失望？是不是無聊？」

「閉嘴！」現在他講閉嘴，我只想笑。

「謝謝你關心我。」我很真心地說。

「我也很關心流浪狗。」他故意逞口舌之利。

「嗯，沒關係，反正我也是個流浪的人。」有家歸不得還用 Airbnb，在自己熟悉的城市裡流浪，我也是笑笑。

他看了我一眼，眼神還是凶狠，但我很清楚地知道那種凶是沒好氣的凶，他接著說：「是妳自己要讓自己流浪的。」

「是。」

我當初就不應該這麼離開，早知道會像現在滿身瘡痍，我就該跟高樂群玉石俱焚耗到底，我只是不敢相信，我只是不能接受，我只是需要冷靜一下，但不管我怎樣，事實就在那裡，他早就變心，這段感情裡面，他早就調適好要丟掉我，是我自己癡心妄想，或許我以為離開，他會發現失去我有多痛、會感到後悔、會來找我。

但我錯了，他後悔的是和我戀愛。

「沒想到和妳交往十五年的人會是高樂群。」

「你知道他？」我訝異。

「他滿有名的。」

「是嗎？」

「妳不知道自己跟什麼樣的人在一起嗎？」

「什麼意思？」我不太能確定他問的問題和我想的答案是不是一樣，「你是指他在專業方面滿有名的？還是指我今天中午跟他吵了一架，因為他腳踏兩條船？」

「都有。」他一臉還沒等到答案的臉。

我有些無奈地嘆了口氣，「我不知道，其實我真的不知道，我們從大學在一起到現在，在我心裡，他一直都是我們剛在一起時那二十歲的樣子，我只知道他現在事務所經營得不錯……」我說到一半，卓先生拿出手機滑了幾下，然後把螢幕對著我，我接過他的手機，看到了……

新銳建築師高樂群得獎作品「逸安新居」涉抄襲。

我不敢置信，他看著傻眼的我，又再說了一句，「妳再往下滑。」我連大氣都不敢吐一口，聽他的話，再滑了兩下，不只這個作品，還有第一次得獎的作品也涉嫌抄襲，我真的嚇到了，我知道他向來是個驕傲的人，不可能會這麼做。

「他不是這種人。」我下意識地說。卓先生直視我的雙眼，我卻馬上心虛，老實說，我現在根本不知道高樂群到底是什麼樣的人。

「怎麼會這樣？」我真的無法相信，於是替他找了藉口，「只是涉嫌，說不定不是啊。」

「是不是都不是我們說了算。」他說。

「我希望他不是。」我不願意自己愛過的人這麼糟糕。

他看著我，「但他敗訴的可能性很大。」

「你怎麼知道？」

「因為告他的是我投資的建築師事務所 Square。」

「Square 不就是樂群……」的上一份大型事務所工作，我都還沒有講完，卓先生就用力地對我點了點頭，我根本沒有拒絕接受事實的機會。

我無法承受，直接伸手狠狠地捏了他的臉，他氣得拍開我的手，「妳是發神經喔！」

「如果你是我，你能不發瘋嗎？」我快嚇死了，「我從來不知道樂群有被告啊！他什麼都沒有講過。」

「妳不看新聞的嗎？」

「我工作很忙……」我的世界只有我的小小花店和家裡，而且我全盤信任他，就像我曾不認為他會有一天不愛我，雖然他拋下了我，但此時此刻，我還是不相信他會做這種事，感情沒有對錯，但人格有是非，我著急地說：「你可以講清楚一點嗎？我拜託你！」

「但我現在肚子餓。」

「喂！」我結結實實地往他耳邊吼去，但他老神在在，我在耐性用罄的前一刻，起身去幫他熱飯菜，看著他吃，「你可以吃快一點嗎？已經兩點了，我到底要等到什麼時候？」

他還是不為所動，等他用他的節奏吃完飯，已經是半小時後了，我收碗洗碗，差點沒氣得把手上的菜瓜布丟過去時，他才開始說。

原來他的主業是個投資者，今天去的那間方圓咖啡則是他的副業，他投資了很多事業，只要評估過後覺得有興趣他就會投資，所以他也投資了學長柳清嚴的建築師事務所Square，這麼恰巧，就是樂群上一份工作的公司。

而樂群會離開 Square 的原因，不是他跟我說的，公司用了他的設計，又不掛他的名字，他心灰意冷才走人，失望的是 Square，因為他一事無成，又出了幾次包，受不了上司給的壓力，自己離職了，他不甘心失敗，所以和之前的同事喝酒，偷了標案的設計圖，改了一些地方送去比賽，才得獎的。

「好了，不要說了。」我真的聽不下去。

「其實也沒有了，反正其他的糾紛，是他跟其他公司的事，倒是我昨天在樓下看到他，很意外他也住在這裡就是了，不是很想跟他當鄰居。」

Who cares？我只在乎，「那他會被判刑嗎？」

他一臉好笑地看著我，「我怎麼會知道，我又不是法官，我只負責讓事務所付錢請律師，盡量告死他。」我心一凜，又驚又慌地抬頭看著他，他馬上對著我說：「妳不要這樣看我，哪個犯錯的人不用付出代價？」

是，他該為自己的所做所為負責，但我覺得很難過。一個好好的人，怎麼會變成這樣？

「幹嘛？心疼了？」

「不是……」我只是突然覺得他會變成這樣，是不是我也有錯？是不是和我在一起的壓力，讓他選擇只能往那個方向走？就像他說的，如果他老早跟我分手，是不是就有家裡的幫忙，早就可以成功。

我突然覺得好可怕，原以為是他毀了我，但現在，我好怕事實和我想的正好相反，反而是我毀了他。

「妳不要一直這種表情喔！」換他有些慌張地看我，我卻什麼都沒有說，直接去冰箱拿了酒就開始喝，他也沒有攔我，自顧自地說：「先說，我如果知道妳是他女朋友，我根本就不會理妳，我根本不想和跟他有關的人有接觸。」他也開了一瓶喝起來。

我不想回應他，只是喝著酒，因為我不知道我還能做什麼，我沉默地喝了一瓶又一瓶的酒，不停地想著，是我害的嗎？是我害的嗎？這一切都是我害的嗎？跟我相愛，真的這麼辛苦嗎？

我越想越慌，越喝越多，他也沒有阻止我，只是靜靜地坐在我旁邊。喝完最後一口，我就衝去廁所吐了，把剛剛喝的那幾瓶啤酒全都吐了出來，他跛著腳到廁所看我，一臉不爽地說：「給妳喝酒真的是很浪費！」

我沒有理他，抱著馬桶，就像抱著燈塔，我需要抱著什麼東西，才不會覺得自己搖搖晃晃，才不會覺得自己下一秒就要跌進地獄。他走過來，丟了條毛巾給我，我沒有接過，他沒好氣地撿起來，幫我擦了嘴，然後翻個白眼拉著我說：「起來了！」

「不要！」

「馬桶很髒。」

「不要！」

「地板很涼！」

「你不要管我！」

「都管一個月了，現在能不管嗎？李巧漫，妳可不可以爭氣一點，都哭了一個月，現在還抱著馬桶不放，妳丟不丟臉？」我抬頭看著他，他一臉心寒地看著我，我難過得放開馬桶，改抱住他的腿，然後哭了出來。

「你快告訴我，高樂群變壞不是我害的好不好？」

「李巧漫！」

這次換我吼他，「閉嘴！」他嘆了口氣，很困難地緩緩坐到我旁邊，把我抱著他的腿的手，移到他身上，「哭哭哭，快點哭，煩死了！」他不耐煩地邊說邊拉起衣服幫我擦眼淚，我只好更用力地哭著。

「都是我害的！都是我害他的！怎麼辦？他會這樣都是跟我在一起的關係，如果他愛別人就不會這樣了……」

我不停地哭著，腦子裡閃過的，都是我們相愛的時候，他擁抱我、他親吻我，他曾對我說：「李巧漫，妳到底是天使還是惡魔？為什麼讓我這麼愛妳？」事實證明，我是惡魔，我是推他下地獄的那雙手。

卓先生沒說話，只是拍拍我的背，我就這樣靠著他，哭到睡著。

隔天，我在廁所醒來，發現自己緊抱著他，忍不住大叫一聲。他被我嚇醒，我都還沒有說話，他就冷冷地先開口：「妳少在那邊一臉受害者的樣子，我才是受害者好嗎？而且妳少一副少女表情，妳喝醉酒強抱我的次數不是只有這次。」

「強暴？」我傻了。

「抱抱抱！」他氣得邊說邊比。

我這才恢復鎮定，「對不起……」我真的不知道自己喝醉後這麼糗。低頭看著他歪斜地躺在地板上，畢竟他人高腳長，受傷的那隻腳卡在馬桶和浴缸之間，頭又卡在牆邊，我趕緊扶他坐起來，「你沒事吧？」他歪著脖子，一臉我在說廢話的表情，「妳說呢？」

「需要痠痛貼布嗎？」

「我只需要妳冷靜。」

「我沒事了。」我說得心虛。

「最好！」

我扶他起身，離開廁所，讓他坐到沙發上，又忍不住問：「你一定要告死高樂群嗎？」他沒好氣地瞪著我，「妳現在是怎樣？覺得高樂群很可憐嗎？」

我沒有說話，他繼續說：「哭了一個晚上，妳還是覺得是妳的問題？妳眼淚是在流什麼意思的？」我看著他，還是沒有說話，他很生氣地吼著我，「李巧漫，妳腦子是裝了什麼？一個人好跟壞，是他的選擇，如果妳把他的選擇怪到自己身上，那妳是蠢、是呆，當初我根本不應該救妳，隨便妳要被撿屍還是被車撞！」

「有需要講成這樣嗎？」

「那妳要不要看看自己的臉？哪來的小媳婦？妳在這裡變身瘋女人的影片要不要好好看一下？妳現在唯一對不起的人是我！是我！是我！過去妳哭得要死要活的那一個月，被騷擾的人是我，昨晚我還得拖著一條腿幫妳擦嘴擦臉、陪妳躺浴室，現在全身痠痛得要死，妳到底還有沒有良心！」

「對不起啦。」這人中氣真的很足耶。

「閉嘴！」他爆炸，雖然他很常生氣，但這次我有感受到威力，他繼續吼：「妳對不起的只有妳自己！妳到底是有多愛被虐被騙被欺負，在一個自私的人面前，不要把自己放太大，妳以為他會看到妳嗎？不會！不然妳過去一個月在哭什麼？」

我一愣，有些話打進了我的心裡。

「他可能曾經是個好人，在某個瞬間，他雖然選擇錯誤，但之後他就沒有選擇權了嗎？錯！他有，他一直有，是他決定讓自己變成現在這個樣子，我一點都不會同情這種人，然後我也不會同情妳！」

「好啦，不要再罵了。」

「妳以為我想？我真的是憋了一個月，有機會罵，為什麼不罵？」在他破口大罵的時候，我去幫他倒了杯水，他一口喝完，本來還想繼續訓斥我的，但他看了我一眼，可能是可憐我吧，嘆了口氣說：「算了，不罵了，累。」

我乾笑兩聲，拿過空杯子想隨手洗乾淨，看到角落那堆紙箱，忍不住回頭問：「你到底是剛搬來，還是要搬走？」

「妳管我。」

「你幫我那麼多次，我怎麼能不管你，我可以幫你整理。」

「不需要，去做妳自己的事，妳越照顧我，我只是受更多傷、會更累，真的不用妳雞婆，該工作就去工作，該幹嘛就幹……」

他說到一半，我突然想到他昨天莫名其妙吼我回家，是我跟妙妙講完電話的事，那時候我在電話裡跟妙妙說，我還有些重要的事要做，想的就是要多照顧他幾天。

「欸，你老實說，你昨天是不是故意趕我走的？」我問，他表情馬上一變，看來有些侷促，我得意地一笑，「我猜對了？」

「妳想太多了，有病。」對，我有，他也有，一種對人好又死不承認的病。

我看著像在鬧彆扭的他，忍不住放下杯子，上前再次緊緊擁抱他，「謝謝你，真的。」我瞬間感受到他在我懷裡變得僵硬，覺得很可愛，就像我第一次擁抱高樂群一樣，那天是我們第一次約會，他害羞的樣子，我也覺得好可愛。

想起高樂群，我頓時感到悲哀，忍不住說：「你剛才罵我的話都是對的，但昨天你在咖啡廳的時候，也聽到我和他爭執的內容，可能他對你來說，就是個訴訟的對象，但對我而言，他是曾經為了我和他媽媽吵了很多次，甚至離家出走的人，所以我會覺得，他對我的那些指責好像是真的……」

他沒好氣地說：「就算是真的又怎樣，這段感情，妳不也受了傷嗎？一碼歸一碼，他傷害我們事務所，跟傷害妳是不同的，我不會混為一談，妳也別把這個混在一起，愛一個人，跟自己要不要變成垃圾是兩回事。」

那一瞬間，我好像真的明白了什麼。

突然我的手機響了，我們有些尷尬地放開彼此，是鬧鐘。

「要去醫院回診了。」昨天就是怕忘了，我才設鬧鐘的。

「我覺得可以不用去，我還有很多事要忙。」他說。

「需要幫你換衣服還是洗澡嗎？」我根本懶得管他有多忙，該看醫生就是要去！

他一聽便發火，「不需要！妳是不是女人？」

「是，但可能我沒有把你當男人。」我說完，他手上的抱枕便朝我飛來，只是丟得很歪，像他生的氣一樣，生得很歪，一種捨不得妳受傷的溫柔。

我笑了出來，然後瞄到他的側臉的眼角，是彎的。

在等他換衣服的時候，我簡單地做了早餐、沖了咖啡，「喝不喝隨便你。」我再補一句，「不要拿你老闆的身分來壓我，我不是你員工。」

「我有說什麼嗎？我有嫌嗎？」他塞了一口荷包蛋。

「你即將要嫌。」

他翻了白眼，喝了一口，說：「還能喝。」

「委屈你了喔！」

「妳知道要煮好一杯咖啡，有多少學問嗎？」

「不知道，也不想知道，你不要以為扯開話題就可以拖延時間，快點好嗎？你掛六十五號，現在看診進度都到三十四號了，我們再坐車去醫院，再上去診間，至少要四十分鐘。」

「妳時間系？」他慢慢喝著咖啡。

「你再拖下去，我只能送你企系。」我說，他笑了出來，我也笑了出來，這真是難得的對眼一笑，他馬上大口喝完咖啡，說：「我好了，走吧。」然後很自動地去拿包包，先前不知道他在欲迎還拒什麼，我見他就要走出去，馬上喊：「你拐杖不拿嗎？」

「不用了，沒那麼嚴重，而且我真的不痛了，我是覺得根本可以不用再去醫……」沒等他說完，我直接走出去，有時候真的可以不用跟這種人囉嗦。

我按了電梯，他走了過來，我們站在電梯前滑手機，我整理著我的 email，然後看到一封我沒有打開的信，是上次想跟花店合作，說不管多久都願意等我的卓先生，他說他仍然在等我，請我有興趣的話跟他聯絡。

上頭有留他的手機，還有他的名字，我突然有了興趣，不用去愛人、不用去付出，時間突然多了出來，我很有空，於是撥了電話過去，在電話接通前瞄了一下署名，我覺得怎麼那麼熟悉的下一秒，電話接通了。

我喊了聲，「方先生，你好。」

突然我耳旁也響起了聲音，咬牙切齒的那種，「我、姓、卓！」

我回頭看著他，他也看著我，我們的眼神同時閃過七萬八千四百五十九種情緒，然後同時問了同一個問題，「是妳？」「是你？」

對，是他，也是我。

我們同時掛掉電話，站在電梯前對峙，誰也說不出一句話，因為根本無法想像，地球怎麼可以這麼小，小得跟小指末端的指節一樣。

「妳會不會太誇張了？我的名字這麼好記，妳連續叫錯兩次，還記不住！」

「我都失憶一個月了，三個字算什麼？」我的客人那麼多，光是叫俊明的就有三個，一個住內湖，一個住三重，一個住永和，我要怎麼記？知道是客人就好了啊！

「妳下次再叫錯我的名字，妳就死定了。」

「你是說方先生喔。」

「李巧漫！我現在心情很差，妳不要在那邊跟我開玩笑。」

「心情有什麼好差的？」

「我一直以為小小花店的老闆是個很有氣質又溫柔的女生，她的作品和設計我一直很喜歡，結果居然是妳？」

「什麼叫居然是我？」

「不然會是，難怪是妳嗎？」

「你再給我說一次！」

「怎麼可能是妳啦！」

我氣得要踩他，他拖著腳閃，可能在別人眼裡，我們像是兩小無猜打打鬧鬧，但其實他們錯了，我真的是往死裡要踩死他，他是為了保命狂躲，突然電梯噹了一聲，門開，他加快速度拖著腳進去，我也追上前，狠狠地往他的手臂一打。

他痛得變了臉，我以為他生氣了，只好軟下態度來關心他，「真的很痛嗎？」我問，他沒有說話，只是看向我的身後，我覺得莫名其妙，也回頭往他的視線看去，這才發現高樂群就站在我後頭，一旁還有他女友。

我傻住了。

高樂群臉超臭，但他女友見是我，突然開心得大喊：「是妳！小小花店老闆娘，妳也住這裡嗎？」

我不知道怎麼回應，幸好電梯到一樓了。

高樂群牽著她走出去，我和卓元方也走了出去，而且是很有默契地往大門走去，但高樂群的傻女友還是不放棄和我搭話，「老闆娘，妳住這裡的話，一定很清楚這裡的格局，我真的希望妳可以幫我設計溫室。」

高樂群一聽臉更臭，我硬扯出笑容對他女友說：「我是很清楚這裡的格局，但設計溫室應該找妳男友，妳不是說過他是建築師？」

「是啊，不過他對花草又沒概念，我是想跟妳討論種哪些花，再讓他來設計空間，可以嗎？可以嗎？」她一臉期待，但我覺得她該期待的不是溫室，而是期待什麼時候自己才能看清身旁的這個人。

我不知道怎麼拒絕她的熱情比較好，突然卓先生的手搭上我的肩，對高樂群他女友說：「不可以，因為我未婚妻要先幫我做咖啡店的花藝設計，最近很忙，以後也會很忙，我覺得妳還是找別人做好了。」

現在是在演哪齣？我看著卓元方，他溫柔地對我一笑，我超級想吐，他用眼神示意我，叫我好好配合，我抬頭就見高樂群傻眼地看著我和卓元方，他整個人都愣住了。

他女友雖然有些失望，但也一臉為我開心的表情，拉著我說：「太巧了，妳也要結婚了？什麼時候？我和我老公是下個月，如果不能幫我設計溫室，那婚禮上的花束、捧花可以交給妳嗎？」

「謝謝妳這麼有眼光，她真的沒有時間，也不好意思拒絕妳，那就由我來說好了，抱歉。」卓元方再幫我拒絕一次。

「真的不行嗎？老闆娘。」她還是不放棄。

見卓元方都幫我到這地步了，我自己還不堅持就太遜了，「真的不行。」我說。

「好吧，那我還是可以去買花吧？」

「當然。」開門做生意，哪有不接客人的道理。

她開心地笑了笑，「那就太好了。我叫趙怡可，這是我未婚夫高樂群，很開心認識你們，我比較貪心，我不想只當妳的客人，我很喜歡妳，希望我們也可以當朋友，不想一直叫妳老闆娘，方便請教妳的名字嗎？」她一臉沒心機的樣子，我更為她感到難過。

「我是李巧漫，他是卓元方。」我一說完馬上看向高樂群，他一臉震驚。

卓元方大方地伸手向趙怡可招呼，趙怡可也回握，而當卓元方的手伸到高樂群的眼前，高樂群一臉心不甘情不願，臭著臉伸出手回握，他們兩個人看著彼此，眼神之間很有火花。

「不介意我叫你們巧漫跟元方吧？」

我和卓元方同時回答：「不介意。」

「所以巧漫、元方，你們也是這裡的住戶？」

「對，我們住三樓。」他說，我們

「三樓？我們住八樓！這裡是不是很棒？我真的很喜歡這裡，最近住進來之後，更愛這裡，不管是採光還是便利性都沒話說，我老公昨天還跟我說想去買別的地方，我說不可以，新房一定要在這裡。」我看了高樂群一眼，看起來他昨天是有聽進我的提議，只是他女友好像不想配合，還又開心地繼續說：「下次來我家吃飯？我請廚師來。」

「下次可以來我家吃飯，我們家巧漫很會做飯。」真好意思耶他，我們家巧漫說得真順口，剛剛是怎麼不屑我的。

趙怡可有些尷尬，「那我真的很遜，我頂多煮煮泡麵，下次跟妳學好嗎，巧漫？」

高樂群不耐煩了，「好了，怡可，我們該走了，我還有會議要開。」

「好……」趙怡可說完馬上要走，隨即又一臉驚慌地說：「慘了，我忘了帶資料，我先上去拿，你等我一下。巧漫、元方，下次有機會再聊喔！」

我和卓元方同時微笑說了聲，「好。」就看著趙怡可小跑步奔向電梯，見她走人，我看了高樂群一眼後，和卓元方同時要往外走，卻被高樂群喊住，「等一下。」

我回頭冷冷看著他，他沒有理我，只是走向卓元方，「請教一下，你是 Square 裡頭那個一直很低調的投資人卓元方？」

「嗯，也算是你曾經的半個老闆。」

高樂群這才看我，一臉憤恨地說：「妳故意的嗎？因為我和妳分手，妳就跟他在一起，還訂婚？」他看著我空空的手，突然笑說：「不過，訂婚的事應該是假的吧？手上那麼空……」

我心一凜，下一秒卓元方不知道從哪裡拿出一個鑽戒，我傻眼，高樂群也呆住，卓元方笑著對高樂群說：「你也知道，巧漫的個性一向小心，她每次洗手都會把戒指拔下來，我就要跟在後頭撿，久了也是一種情趣，對吧，巧漫？」

他說完還直接跟我十指交扣，我真的嚇得動彈不得。

高樂群火了，指著我的鼻子罵：「那妳昨天有什麼資格哭？妳有什麼資格在那裡說我劈腿？妳不也很隨便？才一個多月就可以跟別的男人在一起？你們什麼時候搭上的？想合作看我笑話是嗎？」

我見他仍是一臉不覺得自己有錯的樣子，便忍不住問：「你真的偷公司的設計圖嗎？」

他一愣，硬生生地回：「我沒有。」那就是有，因為我看到他眼裡的心虛。

「你怎麼會變得這麼糟糕？」我真的很難過，他眼裡的清澈什麼時候不見了？是因為愛也蒙蔽了我的雙眼，我才沒有看出他的改變嗎？

「妳不要誣蔑我，我可以反告妳的。」

卓元方站到我的面前，對著高樂群說：「可以啊，一起告，反正公司法務一起處理，也是滿方便的，你又不是不知道Square的實力。」

高樂群瞪著我們，我懶得理他，丟了一句「反正真相總是會大白的」，便拉著卓元方要走，高樂群又突然拉住我，「站住！房子的事妳到底要怎麼解決，妳現在不是有個能力很強的未婚夫了，不必跟我搶這間房子吧？」

卓元方直接拍掉他拉著我的手，「誰說你可以碰她。」

我冷冷地對高樂群說：「他有能力是他的事，那間房子是我自己的事，我住在那裡的時間比你長，我對那間房子的照顧比你用心，我不會讓。」

「妳一定要變得這麼討人厭嗎？」他這樣對我說。

「對，而且我還可以更討人厭。」

「妳到底想怎麼樣？」

我給了他一個微笑，「房子讓給你可以，但你去告訴你女友，你是怎麼劈她腿，你只要敢說，我就馬上把房子讓給你。」我說完，他突然氣瘋了一樣，一臉想對我幹嘛，卓元方在他動手前攔住他，「對女人動手就太渣了。」

高樂群這才收斂，抬頭看著卓元方說：「你告訴她，我就跟她爭到底！」他說完轉身要走之際，又回頭對卓元方說：「不曉得你去拜訪過岳母了沒？記得學點越南話，你未婚妻是她爸買越南新娘生下來的女兒，台越混血兒呢。」他撇嘴一笑後走人。

我無所謂，因為我根本不是卓元方的未婚妻，但我很不爽的是，他是不是忘了自己之前有多尊敬我媽？在我跟我媽斷了聯絡之後，他還是有偷偷跟我媽通電話，說他會好好照顧我。

不就是因為有他這些話，我這八年沒回去，我媽才安心的嗎？

現在的他，根本就不是高樂群，真的不是他，我氣得直接脫下鞋子，往他的頭丟去，吼了一句，「垃圾。」轉身走出大樓時，我還聽得到他在我身後氣呼呼地咆哮。

我轉過頭跟卓元方說：「你說的沒錯，我為這種人哭那麼久就是傻，我剛才不只想拿鞋子丟他，還想拿刀殺他，但我沒有這麼做，因為我沒有選擇要為了他賠上我的人生，而他的人生，真的是他自己賠掉的。」

我忍不住再說了一句，「我怎麼會愛上這種王八蛋？」

卓元方拉著我說：「妳沒什麼好可憐的了，最可憐的是還在愛他這種王八蛋的女人。」他說完，我馬上想起趙怡可的笑容，對，她真的很可憐。

我們兩個同時一嘆，也同時一笑，但我是苦笑。

「好了？沒事了？會笑了？」他問。

「對，從現在開始，我不會為了那個人再掉一滴眼淚，絕不！」我一說完，他馬上鼓掌，我在他的掌聲中招了計程車，兩人一起上車，我知道，我已經放下高樂群了。

到了醫院，我先去便利商店內買了雙拖鞋穿，再陪著卓元方看完醫生。幸好昨天又跌倒的傷處目前觀察起來沒有問題，一樣是好好休養，最好不要亂走動，免得再發生跌倒的事，「只要她不喝酒、不要盧我，我都很安全。」他這麼跟醫生說。

「只要他嘴不要那麼賤，他就真的會很安全。」我這麼跟醫生說。但醫生根本也不在乎我們說什麼，因為他趕著看下一個病人，只有護理師偷笑了兩聲。這就是生活，沒人可以停下。

於是我們離開醫院，直接到了他的咖啡店，被他帶著四處參觀，看著草地四周，我告訴他，我第一次來的時候就有了些想法，「我想說落地窗前可以做個大籬笆，上面種牽牛花……」

「牽牛花？」他表情有些嫌棄。

「怎樣？看不起牽牛花？」

「沒有。」

「牽牛花，在日本叫朝顏，籬笆就像畫框，讓牽牛花在上面爬，坐在落地窗前，看起來就像是一幅畫，而且隨著它的生長，每天看到的景致都不一樣，不要小看牽牛花，在日本多紅啊，牽牛花圓圓的，也很搭店名啊。」

「好像不錯！畫的概念。」

「狗娃花、黃鵪菜花開起來圓圓的，也都可以考慮，摘下來還可以放在店裡，像我這種喜歡摸真花觸感和真實花色的人，看到桌上放的乾燥花，都會想翻白眼，我店裡堅持不賣乾燥花。」

「為什麼？」

「乾燥花雖然可以放很久，但它最美的時候卻不一定被看見，我覺得這樣花很可憐。」

「就像咖啡最好喝的時間沒有人喝一樣。」

「對啦。」他喜歡怎麼解釋隨便他。

我們在討論的時候，就見客人一直進去，他有些分神地看向店裡，我實在是忍不住，「今天就講到這裡，下次再討論。」

「不然妳等我一下，我先幫忙。」他說完就往店裡走去，我看著他一拐一拐，想說他這種行動力，到底是要怎麼幫忙啦！所以，幫忙的人是我，我幫忙送飲料收桌子，他在吧檯裡幫忙煮咖啡，就這麼忙到四點多，我真的是累癱在吧檯後的員工休息區，很想直接躺在地上睡一覺。

然後卓元方就端了食物過來，「吃掉。」

「你可以不要用命令式的口吻說話嗎？」聽得刺耳。

「那麻煩妳把這盤炒麵吃了，可以嗎？」

「我吃不下。」

「吃掉。」對話又回到原點。我看著他，不禁想著，我們之間的溝通到底出了什麼問題？

我不想跟他吵，只好拿起叉子。他要離開的時候，我喊住了他，伸出我戴著鑽戒的手問：「這是不是你要送給別的女人的？」

第一次，我看到他眼神裡，也有四個字。

不知所措。

# chapter 7 情緒勒索是所有人的本能

我微笑地看著卓元方，非常享受他侷促不安的樣子，他就算跛了腳，也不曾見他慌張失措，他的情緒只有兩種，一是冷靜，二是發火，發火常是衝著我，口頭禪是閉嘴，但他對員工非常好，大家喊他方哥。

這就奇怪了，為什麼我不能叫他方先生？

我再搖搖手上的戒指，「那女人的戒圍還跟我一樣，身材應該也是瘦瘦的，看這個設計這麼高調，那女人應該是很有自信的人。」

我才說到一半，其他在後面吃員工餐的店員衝了過來，指著我手上的戒指狂虧卓元方，「方哥，終於要公開了！之前藏女朋友藏那麼久！」「原來巧漫姊就是神祕大嫂！」「現在不神祕了啦，公開了、公開了！」

店長小杰搭著卓元方的肩，「方哥，求婚成功了喔！我看你前陣子有點鬱卒，還以為你被甩了，結果沒有啊！嫂子漂亮人又好，早該帶來給我們看的。」

突然幾個店員一字排開，一起喊了我一聲，「大嫂好。」

我嚇了一跳，想解釋，「不是，我只是……」我看向卓元方，他沒有說話，眼神閃過一絲落寞，我突然不知道自己該不該澄清，如果我說不是，那我手上的鑽戒怎麼解釋？如果我說是，那算不算幫他，還是他會覺得我很不要臉？

小杰走來，一臉誠懇地向我鞠躬，「大嫂，我們方哥以後就麻煩妳了，方哥是最棒的男人，沒有之一，妳不可以拋棄他喔！絕對不可以。」小杰說完最後兩句話，如果我沒看錯，卓元方的眼神從落寞轉為一痛，雖然很快就掩飾住了，但我真的有看到！

我或許不懂他，但我懂那個眼神，我也曾有過那種眼神。在我和我媽被趕出家門口的時候，我抱著爸爸的照片，看著祖厝大門，不懂為什麼二叔和三叔可以在我爸一死，就拋棄我跟我媽；不懂和我在一起十五年的男人，為什麼會轉身愛上別的女人，也拋棄了我。

那眼神就是被丟下的痛啊。

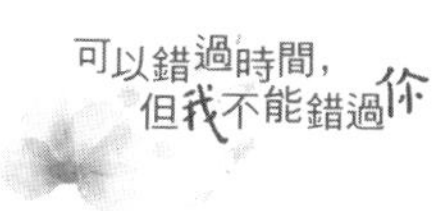

卓元方看了我一眼，以為我這心有戚戚的表情是困擾，便對著店員們說：「好了你們，別鬧了……」

在他還沒有說完之前，我先開口了，我回應小杰，告訴他：「我會。」

眾人先是一愣，接著回過神，跳起來歡呼，「大嫂最棒！」我笑了笑，看向卓元方，他一臉不解地看著我，我沒有理他，繼續吃麵，反正又不一定是要女朋友或未婚妻，就算是朋友，我也不會丟下他。

我很清楚，拉我一把的人是誰。

大家繼續鬧了卓元方一陣後，各自回到崗位，我也把麵吃完，拿去流理台清洗碗盤。這時卓元方跛著腳走過來，「妳幹嘛亂說？」

我瞪了他一眼，「奇怪了，早上是誰說我是他未婚妻的？你能亂說，我就不行？」

「還不是要給妳面子。」

「我也是啊。」我笑笑，「還是你當真了？」

他沒好氣地伸手戳了戳我的額頭，「妳也要看對象是誰，妳和高樂群以後肯定是打死不相往來，這謊自然就會過，但之後妳還要幫我設計外頭的花藝裝置，這些小孩子嘴巴一個比一個大，妳以後怎麼嫁得出去？」

「就別嫁啦，跟我在一起十五年的男人都不娶我了，還有誰要娶我？」

「閉嘴。」

「你不覺得我很棒嗎？我已經可以調侃自己了。」

「自嘲跟沒自信是兩回事，妳何必這麼沒自信？」

「我不是對我自己沒信心，我絕對相信，就算我一輩子沒嫁人，也可以養活自己，我是對別人沒信心。」

「怕他們嫌棄妳的背景，就跟高樂群他媽一樣？跟高樂群一樣？」

我笑笑地看著他，「對。」

他有些生氣地說：「那如果今天有人被丟在孤兒院外面，無父無母自己長大，妳會笑他嗎？」

「自己長大多強啊，怎麼可能會笑他。」

「那妳至少有媽，為什麼要怕別人笑？」

我脫下塑膠手套，抬頭看著卓元方，越說越激動，「你以為我是怕自己被笑嗎？我是擔心我媽，你以為我會在乎別人怎麼看我？我根本不在乎，但是我媽在乎啊！她就是擔心自己的身分會害我被笑，所以才寧願獨自在南部生活，我嘴上罵她是為了要幫我二

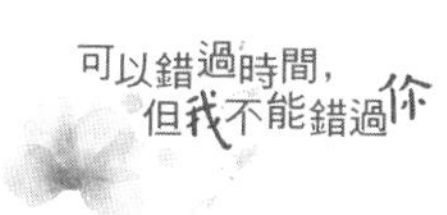

叔、三叔擦屁股，才不肯來台北，但我心裡很清楚，這才是最重要的原因，我沒有說開，是因為我不想掀我媽心裡的傷口，這樣你了解嗎？清楚嗎？」

「對不起。」他道歉，「是我說錯了。」

他態度突然放軟，我反而覺得自己像個瘋子。深吸了口氣，我說：「沒事。」

「妳很愛妳媽？」

「廢話。」不管對方做了多少讓你傷心的事，你仍會為他著想的，就是家人啊！我很氣我媽，真的很氣，但有多氣就有多愛，就有多小心，不是嗎？我就是不准別人欺負她。

他笑著摸摸我的頭，像在摸小孩一樣，我沒好氣地揮開他的手，「幹嘛啦？」

「只是覺得有點可愛。」

「閉嘴。」我瞪了他一下，但不知怎麼的，就覺得這裡怎麼突然變熱了。

他笑了笑，又說：「謝謝。」

「你又來了，說話可以不要沒頭沒尾嗎？」

「妳剛才不是說不會丟下我。」他給了我一個微笑，這次我不想吐了，我覺得有些心動，當我意識到心動這兩個字的時候，我突然推開他，他趕緊扶住一旁的流理台，又開始大聲嚷嚷：「妳到底是想害我的腳跛多久？」

我掩飾心虛地反吼回去，「這裡那麼擠，你站遠一點啦，很熱。」他沒好氣地瞪了我一眼，我乾笑兩聲，剛好手機響了，正好結束這一波混亂，我拿起手機接起，電話那頭就傳來哭聲。

「安安？怎麼了？」

「媽媽、媽媽……」安安哭得講不出話來。

「媽媽怎麼了？你先不要哭，要說清楚，阿姨才知道怎麼幫你。」我說完卓元方也覺得不對勁，移到我旁邊，一臉擔心地等著。

「有人要打媽媽……」

「你在哪裡？」

「在家裡。」

「好，阿姨馬上過去……」我說到一半，就聽到安安的手機好像被搶了，砰的一聲，電話瞬間斷訊。我嚇得馬上脫掉圍裙，卓元方拉著我問：「怎麼了？」

「我住的地方出事了，我要馬上回去一趟。」

卓元方馬上喊來另一個工讀生阿志，要阿志去開他停在咖啡店旁的車，然後陪我回去。我在車上緊張不已，他坐在我旁邊沒有說話，只是拍拍我的肩，安撫著。我給了他一個感激的微笑，「你腳不方便，其實可以不用跟我來的……」

「腳不方便我還有手，而且還有阿志，先去看看什麼狀況再說。」

我點了點頭，阿志加快速度，我們很快就到了晚晚安，我一馬當先往前衝，卓元方跟在後頭，我一打開門就見滿室凌亂，安安躲在角落，一見到我便衝了過來，抱著我哭。

「你媽呢？」我問，安安指著房間，

我正要去找葉小姐的時候，就見她打包好行李走了出來，臉上有些傷口，一身狼狽，又急又快地拉著安安要走，我趕緊拉住葉小姐，「到底發生什麼事了？」

「跟妳沒關係，這裡我沒辦法再住了，不好意思，妳就住到今天吧，麻煩妳自己整理好東西，要離開之前把門帶上就好。」

「媽媽，我們又要走了嗎？可是我喜歡這裡。」安安哭著說。

「可以啊，你留下來，等著被抓走。」葉小姐說得很是無情。

安安哭得更厲害，緊緊抱著葉小姐，「我不要！我不要！」

葉小姐看起來精神也很緊繃，有些激動地說：「那還不走！」

我攔住葉小姐，喊了她一聲，「如晚。」她一愣，看著我，「希望妳不要介意我這麼叫妳，有什麼需要我幫忙的嗎？」

她回過神，「妳幫不了。」

「妳可以說說看，我們一起想辦法。之前我麻煩妳很多。」

她不屑一笑，「那只是要賺妳錢好嗎？我沒有時間跟妳說太多，我要走了，反正這裡就是不能住了，妳自己看著辦，還有……少喝點酒！」如晚說出最後一句話時，我突然好感傷，因為我知道這短短的一個多月，我們之間即使相處得像房東房客，但彼此早已不只是房東房客。

我都還來不及說些什麼，如晚已經拖著行李箱，拉著安安走人，我連一句再見都沒來得及對安安說，就看著他們消失在這間屋子。我有些傻眼，癱坐在沙發上，不擔心自己晚上沒地方住，而是真的很擔心她跟安安，離開這個家，他們還能去哪裡？

在我覺得自己什麼都無能為力的時候，卓元方突然說了一句，「應該是要搶小孩監護權吧。」

我一聽，馬上抬頭問：「你怎麼知道？」

他從地上撿起一張被撕爛的紙，遞給我，上頭寫著大大的「監護權協議書」。我看著紙，再看著卓元方，「所以是老公來搶小孩？」

「也可能是前夫，也可能是很多可能，但不管怎樣，那都是她的私事，除非她願意讓妳幫忙。」

「但看起來她不想。」我很遺憾。

「妳現在該想的是妳自己。」

「我怎麼了？」

「要住哪裡？」

「先找間飯店住，然後找房子吧。」可惡，上次葦葦還是沒有跟我說她房子鑰匙拿去哪裡了，不然住她家就好。

他看了我一眼，「住我家吧。」我傻眼地看著他，他睨了我一眼，說：「我沒有別的意思，妳不要想太多。只是……反正妳都要來我家還債了，跑來跑去也很麻煩，但如果妳怕再看到高樂群……」

「誰怕他！」我說。

「那就走吧！」他對我伸出了手，我頓時有一種中計的感覺，但還是傻傻地把手交到他的手心。

於是他陪我回房間整理東西，看著我一袋沒多少的行李，有點愣住，「就這樣？」

「嗯，其實我放在你家的東西還比較多。」我乾笑，上次要帶回家的那兩袋還在沙發旁。

「那還是很少啊！」他說。

「有很多我都丟了，很多。」我想起原本被送到花店的那幾箱東西。

「丟了就算了，走吧。」

我們要離開的時候，阿志才跑進來，還喘著，「方哥，不好意思，車位找太久了，現在呢？要做什麼？」

「去開車。」卓元方一說，阿志又重重地嘆了口氣，無奈地再跑下樓。

我關上晚晚安的門牌燈，有些不捨地關上門，和卓元方一起離開。沒多久阿志就把車開來了，但卓元方沒說要回家，而是要去生活日用品賣場。

「幹嘛？」我問。

「買枕頭啊！還是妳睡覺不用枕頭的？」他一臉不屑地回答我。「能不能少問這種傻問題。」我氣得伸手按了他受傷的腳，他大叫，「痛死了！」

「能不能少自尋死路？」我瞪了他一眼，他只顧著痛，而駕駛座的阿志從後照鏡看

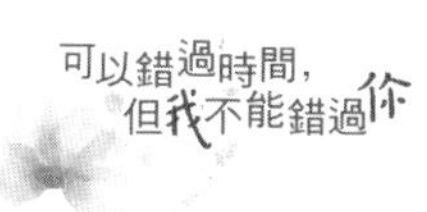



著我們，一臉欣慰，對！就是欣慰，明明才二十幾歲，卻帶著一個六十歲老人的眼神說話：「看方哥跟大嫂感情這麼好，我也好想交女朋友。」

我和卓元方同時乾笑兩聲，還好生活日用品賣場到了，不然我真的不知道怎麼接。

進到店裡，我原本以為只要買一個枕頭，但他卻拿了一堆東西，床單、棉被、毛巾、浴巾、漱口杯、牙刷，還有各種生活用品，連室內拖都買了。

「我只是暫住，我會快點找房子的。」

「暫住也要好好住。」結果東西買到叫阿志來幫忙提，阿志開心死了，「方哥、大嫂，你們要同居了喔？」我和卓元方一愣，互看一眼，真的是越來越尷尬。

卓元方問我，「妳會開車嗎？」

「會啊。」只是被載習慣了，就很少自己開。

於是我們一起回到店裡，讓阿志工作，換我坐上駕駛座，等著進去裡頭交代事情的卓元方，像是怕我久等一樣，他很快地出來，上了車，對我說：「走吧，我們回家。」

我看著他，笑了笑，發動車子，流浪的我，今天沒有流浪的感覺。

一回到家，我便把買來的東西都整理好，原本的客房瞬間也有如我的房間一樣，我鋪好床的時候，卓元方走了進來，「還少什麼嗎？」

「什麼都沒缺。」我說。

「我煮了咖啡。」

「好。」

這是我們第一次好好地一起喝杯咖啡，當我喝進口中的時候，忍不住驚呼，「怎麼那麼好喝？」

「所以妳沖的我還喝下去，是不是很有義氣？」要不是我太珍惜手上這杯咖啡，我真的就潑過去了。

但我不得不承認，他說的是事實，「這只是你的副業，不是嗎?你有研究？」

「不管是不是副業，要做就要做到最好。」

聊天之中，我才知道他居然還有國際咖啡師證照，雖然我不知道這有多難考，但國際兩個字就是很威，也知道他的第一份投資標的是朋友媽媽的鹽酥雞攤，他不開在鬧區，而是開在沒什麼店的半山腰，山上只有高級社區，山下是學生宿舍，學生愛吃就別說了，對那些有錢人家請的佣人來說，這鹽酥雞剛好是他們喝喝小酒罵老闆的零嘴，再加上使用好的食材，有錢人也愛吃。

賺了第一桶金後，他又開始投資其他的，也賠過不少，但現在不敢冒險了，主力就放在Square和方圓咖啡而已。

他說：「人一旦擁有越多，就覺得自己可以得到更多，但後來我發現，不是你的就不是你的。」

「怎麼覺得你這句是在說別的事。」

「什麼事？」

「女朋友的事。」我一說完，就見他表情一愣，我拿下鑽戒還他。「反正現在大家都誤會我們了，這個鑽戒有沒有戴也沒差，你還是收好。」

我見他不太想拿，只好攤開他的手，把戒指放在他的掌心。

「不是我的就不是我的，老實說，戴著要送別的女人的戒指，我真的覺得不是很舒服，這輩子第一次當別人的未婚妻，居然還是假的。」

他無奈一笑，很隨興地把戒指放在桌上。

「你不收好？很貴的不是嗎？」

「沒有人要，它就沒有價值。我餓了。」

我看著他，他不願再說，我也不想再問，我起身去煮了鍋湯飯，我只吃一碗，他把其他的全吃掉，「到底餓多久？」

「就想吃。」他說。

我忍不住笑，我覺得他吃的不是飯，而是一種家的感覺。我切了水果放到他面前，真的是不管切多少，他就吃多少，標準的忠「食」觀眾。「做飯給你吃的人一定很有成就感。」

「那也要有人做飯給我吃。」

「沒有嗎？你之前女朋友……」我說到一半打住，他剛剛就很明顯不想提這個話題，我真的是嘴不知道在快什麼。我想著要聊點別的事，結果他自己先說：「她不喜歡煮菜，我不會勉強她。」

「嗯，感覺她是個很有個性的人。」

「是很有個性，我也是因為這樣才被吸引。」突然間換我不想聊他女友的事了，但他可能吃太飽，整個有力氣狂說。「本來說好不結婚的，但因為跟她在一起日子都很開心，我覺得或許我跟她是有機會建立家庭的，結果她還是不要，說她喜歡自由。」

我懂那個女孩，就像葦葦，「女人活著的目的，不是只有結婚。」

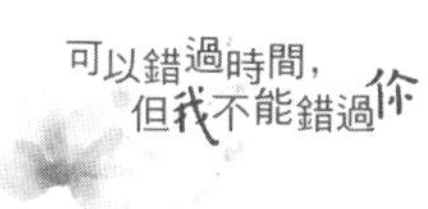

「對，她就是這麼跟我說的，所以我還她自由。」

「結果你失戀，我還來吵你？」天啊，想到他自己躲在房間哭就算了，還要出來應付我這個瘋女人，我就更感到愧疚。

結果不知道他丟了的良心被誰撿回來，居然說：「其實也多虧妳來發瘋，轉移我一些注意力，不過我本來打算要搬走的。」

「所以那些紙箱是你整理好的行李。」

「不是，是我沒打開過的行李，我買了這裡，為的是打造我跟她的家，想給她一個驚喜，結果驚喜的人是我，她不嫁我，所以我沒機會帶她來，我才搬來不到三天，本來又要走的，誰曉得妳就來了。」

「原來如此。那現在呢？你要搬嗎？我會加快找房子的速度。」

「高樂群住這裡耶，那麼有趣，我怎麼會搬？而且妳不是說房子要爭到底嗎？我們剛好變成鄰居，妳來煮飯，我可以煮咖啡，妳說是不是兩全其美？」

「碗你洗。」

「成交。」

我們兩個笑了出來，於是他很認分地起身去洗碗，看在他腳殘的份上，我好心幫他擦碗，兩個人花了快半小時討論明天早餐要吃什麼，結果這位大哥說他想吃牛肉湯。

「那你先養一頭牛給我殺。」我瞪了他一眼後回房，回房間時看到鏡子裡面的自己，表情是笑的。

我好好地洗了個澡，真的是好好的，不是匆忙，不是沒有意識，是真的舒舒服服地洗了個澡，可以放空、什麼都不想，就只是洗澡，好好地把自己和腦子洗乾淨。之前在書上看過，有人說，聰明的女人最會享受洗澡的時間，因為那是個全然面對自己的時候，雖然我現在還不覺得自己有多聰明，但能夠好好面對自己，是一種療傷。

我總算可以被自己治癒。

這個晚上，我一躺上床便睡著了，睡得很深很熟，直到鬧鐘叫醒了我，凌晨四點半，對，我沒有設定錯誤，因為我一直記掛某人說想吃牛肉湯，不知道為什麼，就是很想滿足他的願望。

尤其是聽到他昨天說沒有人煮給他吃的時候，雖然他講得雲淡風輕，但我聽起來就是有點心酸，於是我起床換衣服，先到花市一趟，買了些可以放在家裡和咖啡店的花，接著跑了兩個早市才買到新鮮牛肉，再買了些蔬菜回家熬高湯。

我像是在布置八樓的家一樣，仔仔細細，窗檯邊、餐桌上，還有玄關都放了鮮花，然後我整理家裡，發現原本堆在角落的箱子都不見了，才覺得奇怪，四處找的時候，卓元方剛好開門出來，我們兩個都被彼此嚇了一跳。

「妳沒事站在我門口幹嘛？」

「你要出來是不會出一下聲喔！」

「有人出自己房門還要敲鑼打鼓嗎？」

「至少有腳步聲啊！」

「我只有一隻腳是要什麼腳步聲……怎麼那麼香？」他說到一半，看著我，害我本來要繼續罵人的心情又馬上收回來，「煮湯啊。」

「什麼湯？」

我沒理他，「去洗臉，可以吃早餐了。」

他喔了一聲，轉回房間，不到三分鐘又馬上出來，我牛肉才燙到一半，「你有洗嗎？」

「要檢查嗎？」

「走開。」不然湯我就潑過去了，他走跟飛一樣，馬上到餐桌坐好，我端了牛肉湯和壽司過去，就見卓元方望著桌上擺的花，呆著。「你幹嘛？」

他比了比花，「這妳弄的？」

「不然你覺得你家會有多比嗎？」

「哪來的花器啊？」

「這是威士忌酒杯，放上幾朵小花就會很好看了，你摸它看看。」我說完，就見他一臉好像我強迫他去翻女生裙子的表情，我沒好氣地一瞪，他才甘願伸手去摸，「怎樣，是不是柔柔軟軟的？」

他馬上縮回手，「為什麼妳一講完，我覺得有種十八禁的感覺。」

「你知道人的腦一歪，看什麼都是歪的，能柔柔軟軟的有很多好嗎？豆腐、珍珠、棉花糖！你不覺得花瓣摸起來很像人的皮膚嗎？可以感受到它的生命，在餐桌上放花，會讓東西感覺更好吃，快吃吧你！」

他這才邊吃邊觀賞花，視線都捨不得移開。

我邊吃邊笑地看他，突然想起，「對了！那些箱子？」

「我昨天移回房間整理了。」

「你自己？」

「不然妳以為妳家會有多比嗎？」他用我叨念他的話反嗆。

「都整理好了？你的腳……」

「我還有手。」

「這是什麼十八禁的內容？」我說，他沒好氣地瞪了我一眼，「幹嘛學我？」

「一人一次，扯平啊！」我們都笑了出來，邊吃邊亂聊著，然後我告訴他，我正式接下咖啡店的花藝設計，包含店內的花卉都由我這裡提供，接著我傳了訊息給妙妙，請她等等到咖啡店跟我會合，要開工了，她開心得不得了。

卓元方還在看花的時候，我便起身去換衣服，走出房間時，他一臉得意地看著我說：「碗我洗了。」

「你是這麼需要掌聲的人嗎？」我很冷淡地回應，洗碗不就是講好他該做的事嗎？他一臉惱火地瞪了我一眼後，轉身回房換衣服，但沒讓我等很久，我們就一起出門，我手裡還抱著要帶去店裡的花。

兩人搭電梯直達地下室，門一開，他又好像嫌命長一樣地說：「妳果然適合拿花，有氣質多了。」

「那你適合把臉遮住，最好把聲帶也給剪了，這樣跟你說話的人會舒服多了。」

他瞪了我一眼，「妳還是喝醉可愛多了。」

我氣得伸手捏他手內側的肉，記得不能捏厚，只要掐一點點，像在捏眼皮的厚度，那真的會很痛。他痛得叫出聲，揮開我的手，我怎麼可能放過，我們就這樣打打鬧鬧地走到車邊，還沒有按搖控器，就聽到有車解鎖的聲音，我們兩個同時一愣，抬頭，就見卓元方的車旁，居然停了高樂群的車。

他正朝著車子走來。

冤家路窄。

如果昨天我停車的時候看見高樂群的車早停在那裡，我應該會直接撞上去，他現在開的那台車，我也付了一點，繳了幾次貸款，如果知道會分手，當初就應該分清楚。但就是不知道會不會分手啊，感情真的好難算清。

我和高樂群對看了一眼，他突然一笑，眼神怪怪的，接著上車駛離。卓元方也看到他的笑容，忍不住問：「他在笑什麼？」

「誰知道？上車。」

我們坐上車，我往咖啡店的方向開。其實我仍介意高樂群那一笑，不知道為什麼，就是有一種不好的預感，但我也不知道為什麼，突然卓元方就問：「妳是不是還在想他在笑啥？」

我心一凜，忍不住看向他，卓元方又說：「妳是不是在想，老娘的臉上有寫這麼明顯嗎？我告訴妳，有！」

「那你可以不要說出來嗎？你明明就知道我在想什麼，幹嘛說破？」

「那聊別的？」

「挑起話題又要聊別的，你的白目真的是沒有盡頭。」

「妳有沒有想過，可能是妳自己很難相處？」他反嗆。

我哈的一聲，「我難相處，你才要去照鏡子好嗎？」

「出門照了，還可以。」

我覺得我一定是太閒了，才會在車上跟他抬槓，同處一個狹小空間，我得要忍住不玉石俱焚的衝動，但那真的太難了。

「幹嘛不說話？」

「因為到了！你到底還想在車上坐多久？」

眼前就是方圓咖啡的招牌，他這才甘願閉嘴下車，但我去停車的時候才發現，因為他在那裡白目，我才沒有滿腦子想著高樂群的事，難道這又是他另外一種歪的溫柔？

不論是不是，我心裡暖暖的就是了。

我抱著花進咖啡店，開始修剪裝飾，卓元方則是在吧檯旁看報表，我把修剪好的文心蘭放到吧檯旁，再把做好的白桔梗桌花放到每個位置上，回頭整理桌面時，小杰興奮地過來問：「大嫂，妳放在桌上的花好漂亮，客人都超喜歡，問有沒有在賣。」

「沒有。」卓元方邊看報表邊說。

「這花很快就謝了，如果喜歡，請他們多來喝咖啡看花。」

「好會說話。」卓元方笑了笑。

「看你的報表。」我說，他馬上自討沒趣地低頭專注在他的工作上。一旁店員都在偷笑，哪天他們知道我跟卓元方什麼都不是，一定會為自己的幻想破滅大哭。

我才剛整理完，妙妙就來了，開心得衝過來抱了我一下，「巧漫姊，沒想到妳居然願意接外面的案子了。」

我笑了笑，向小杰介紹妙妙，「小杰，這是我的助理妙妙。妙妙，這是方圓咖啡的店長小杰。之後會常碰面，所以要認識一下。」

兩人笑笑地說聲嗨後，妙妙忍不住拉著我說：「哪個客戶面子這麼大，居然請得動妳？」

小杰忍不住回妙妙，「自己未婚夫的咖啡店，當然要接啊。」

「未婚夫？」妙妙瞬間高八度音，我頓時超級後悔，真不應該叫她來的，我就該自己做這個案子，我都忘了假訂婚這件事，我現在是要怎麼解釋？

「巧漫姊，他在說什麼啊？」

妙妙一問完，我就拉著她到外頭，正想要解釋的時候，就見高樂群朝這裡走過來，臉上掛的笑容就跟在大樓停車場裡看的一樣。我不知道他要幹嘛，我也不想知道。妙妙見他來，也不想理他，拉著我要進咖啡店，「巧漫姊，我們先進去。」

我才剛跨步的時候，便聽到一道很熟悉的女聲喊著我的名字。

「巧漫！」溫醇憨厚的語氣，說著不標準的國語，怎麼喊聽起來都像腳慢。

我當下覺得自己好像在下墜，深自感覺無法面對的時候，有人緊握著我的手，我抬頭一看，是卓元方，他沒有說話，就只是看著我，我望著他的眼睛，好像在吸取什麼能量一樣，不知道為什麼，我突然有了勇氣回頭，去看看那個喊我的人。

我緩緩地轉過身，我媽嬌小的身影從高樂群身後走了出來。八年沒見的我媽，被扯進了我的感情糾葛，我頓時覺得生氣，我怎麼喊她都不願意離開高雄的我媽，居然和高樂群一起出現在我眼前。

我快步走到她面前，不客氣地說：「妳來幹嘛？」

當我更近距離地看到我媽的模樣時，心裡是狠狠一抽，我媽老了，所有的人都會老，我媽再美也會，但是她以前沒有老這麼快，現在卻一瞬間老去太多，不是才八年嗎？怎麼覺得自己十八年沒見過她一樣。

「妳有沒有怎樣？」我媽用台語詢問，我也以台語回答：「我好好站在這裡，妳覺得呢？」我媽紅了眼眶走向我，當她緩緩伸出手想拉我時，我退後了一步，「妳還沒有說妳來台北幹嘛！」

我媽還沒有說話，我就直接走向高樂群，憤恨地推了他一把，咬牙對他說：「你憑什麼動我媽？」

「我沒有動她，我只是請她上來勸妳處理房子的事。」

我第一次給了高樂群一巴掌，朝他吼著，「你憑什麼！你憑什麼！」我氣得不停推他，我媽難過得從後頭抱著我，緊緊的，「放過他啦，不要跟他計較啦！」我媽說著我

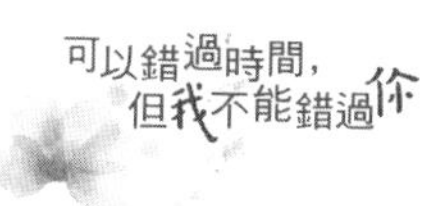


明明聽得懂，但此時完全無法理解的話語。

我冷冷地看著我媽，「我不要。」然後我轉身離開。

我想要的媽媽不是這樣，而是高樂群去找她的時候，她就應該拿肥料潑他，原諒什麼時候變得這麼廉價？原諒不該是我沒事了、不難過了、可以輕鬆自在面對一切的時候才來談的嗎？

為什麼要勉強我原諒？我承受的那些打擊和傷，難道都是我活該嗎？

我很愛我媽，但她為什麼總是用她的善良來懲罰我？

從我爸死後被趕出來的那天，她不怪二叔三叔，但她有想過，跟她吃苦、顛沛流離、看她掉眼淚的是我嗎？是我啊！她不怪騙她錢的人，但她有想過，我卻因此得吃泡麵，而她喝湯？她不怪三叔兒女沒用找她救濟，自己沒了積蓄，連我給的生活費都拿去葬送，那是我想要孝順她的，不是要孝順三叔的啊！

大家說她有美德，但為了那些美德卻犧牲了我，最可怕的是，我媽從不這麼想。

我轉身離開，誰都喊不住。

我不知道自己走到哪裡，我只覺得生活好累，或許就像卓元方說的，會不會很難相處的其實是我？

我該像電視劇裡的那些橋段，陪著我媽吃苦，告訴她，沒關係，有我在，我們一人吃一半的泡麵，說還好我們還有彼此，我應該把錢直接給三叔和他那對兒女，告訴他們，找我拿，不要找我媽，然後讓他們繼續得寸進尺。

我不明白，我們為什麼要偉大到搞垮自己的人生？

我坐在某個公園，發現天慢慢變黑，口袋裡的手機突然震動，我拿出一看，是卓元方傳給我的訊息，「我帶媽媽回家休息，妳好了就回來。」

我好了？

我也希望我快好，但我真的就是一股氣在心裡，悶到我好想吐。

我突然起身，搭了計程車，直接來到高樂群的事務所，當櫃檯妹妹看到我，還兀自睜大眼睛不敢相信的時候，我直接走了進去，我最後一次來這裡，是半年前為他送文件的時候。

看到她的表情，我猜趙怡可也常來，在我和高樂群還沒有分手之前，不曉得這些員工私下怎麼評論我們三個人？不曉得幫高樂群訂求婚花束的員工是哪一個？我想問他，下訂的時候，會不會有一點手軟？

畢竟我之前也常做點心來給大家吃，我不認識所有的員工，但我很清楚，他們知道我是誰。

就這樣看著一對又一對睜大的眼睛，我直接推開會議室的門，高樂群嚇得站起，其他員工見是我來，紛紛走避，唯一留在座位的人，是趙怡可，她看著我，有些傻眼。

「巧漫！妳怎麼來了？」她問，問得這麼可愛，問得這麼沒有心機，「啊，妳不會是來找我的吧？是不是我沒有給妳聯絡方式，所以妳只能找樂群的事務所？不對啊，我們是鄰居，妳要找我，可以來我家啊。」

「我不是來找妳的，我來找他。」我冷冷地看著高樂群。

「找樂群？你們認識？」她驚呼。

我笑了笑，「何只認識。」

高樂群慌了，「怡可，妳先出去，我有事跟李小姐說。」他叫我李小姐，我真的是噗哧一笑。趙怡可一臉莫名其妙，但見高樂群口氣嚴肅，也只好答應，「好吧，那我先出去了。」

她要離開之前，我喊住了她，「等一下！」

「李巧漫！」心虛的人大吼出聲。

趙怡可一愣，疑惑地看著我，又看著高樂群，「寶貝，你怎麼對巧漫這麼凶，還這樣喊她？你們之間有什麼事嗎？」

我緩緩走向趙怡可，瞥見高樂群的表情好像要中風了一樣，我覺得很有趣，緩緩出聲喊了一聲，「怡可……」

高樂群馬上咬牙切齒，「李巧漫，我的忍耐是有限度的。」我沒理他，笑笑地拉好怡可因為久坐而翻起的裙襬，「妳的裙子……」她這才反應過來，說了聲「謝謝」。

高樂群也像是捏了一把冷汗。

於是怡可走了出去，關上門，下一秒，在高樂群要吼我之前，我把水杯砸向了他，他嚇了一跳，然後，我笑了笑。

我說過，國中時，我也算是半個太妹。

# chapter 8 有些人的壞，你根本無從想像

跟高樂群在一起，我的心裡只有五個字，溫良恭儉讓。

因為我愛他，我希望他愛我，也希望他媽愛我，所以我心裡的宗旨只有一個，就是成為一個值得他愛的女人，我說過，我收起了很多自己，但現在我覺得自己像個被解除封印的人，愛他就是我對自己施的魔咒。

我的那段愛情，就是一個鬼故事。

以為鬼是高樂群，其實是我自己，我真的被他搞得人不像人，鬼不像鬼。

「妳在發什麼瘋？」他吼我。

「如果我真的發瘋，你以為我會讓趙怡可出去？」

「妳到底想怎樣？」

「是你到底想怎樣？你為什麼要去找我媽？你好意思去找我媽？你這樣傷害我，竟然有臉去見我媽，還把她帶來台北，高樂群，你就是在逼我恨你。」

「少開玩笑了，妳不恨我，早就把房子過戶給我了。」

「房子也是我的啊！難道我沒有要的權利？你能要，我就不能要？這是什麼道理？」

「妳根本就是氣我背叛妳，才故意跟我作對。」

「是又怎樣？那棟房子你除了買它，你對它有感情嗎？沒有，它就是你討好趙怡可的工具，你有為它換過一次燈泡，還是修過一次水龍頭嗎？沒有！我對它是有感情的，你有嗎？那你憑什麼擁有它？我說了，你也有選擇，你可以放棄，你也可以跟趙怡可坦白，而不是來強迫我！」

「好，那我不強迫妳了，我們來交換。」他突然這麼說。

「什麼意思？」

他從公事包裡拿出一張紙，遞到我面前。那是一份讓渡書，上頭有我媽的簽名和蓋章，我有些發抖地問：「這是什麼東西？」

「上面不是寫得很清楚？」

「我媽怎麼可能把她的農地讓給你？」

他聳了聳肩。我覺得自己傻，想也知道他用了多不要臉的方法蒙騙我媽，那塊農地是我媽的命，是她依靠了半輩子的土地，而且還是我爸留下來的，會讓我媽心甘情願拿出來，高樂群到底撒了多沒天良的謊，我真的不敢想像。

我衝過去推他了一把，他一個踉蹌，撞上身後的玻璃牆。如果我手上有刀，一定會刺在他的身上，他不在乎地站穩，說了一句：「妳把房子還給我，這張讓渡書，我可以撕毀，當沒這件事發生。」

我也很想當作跟他相愛這件事沒有發生。

此時此刻，我對高樂群連恨都沒有了，他不值得我為他費上任何一絲情緒，我面無表情地看著他，「說真的，我不知道我們為什麼會走到這一步，我一直為我們愛過十五年而驕傲，因為十五年很難、很不容易，可能是我太盲目、太放心了，覺得都能熬過十五年，為什麼熬不過明天，我沒有保留地相信你，但我得到的是你的殘忍跟背叛，我剛剛真的一度好想殺了你，覺得你這種人怎麼有資格活著，但現在我連殺了你再去坐牢都覺得不值。我們之間的感情不知道停在什麼時候，但不重要了，我知道它停了，我也知道要你真心誠意地向我說一句道歉很難，但無所謂了，因為我也不會原諒你，從今天開始，我李巧漫，不再認識你高樂群。」

我轉身打開門的時候，看到趙怡可站在門邊流眼淚，我好想告訴她，收起妳的眼淚，因為現在的高樂群不值得。

但我沒有說，因為，關我屁事。

我離開事務所，坐在附近的路邊，試著釐清下一步該怎麼做，但我現在連想到高樂群三個字都想吐。

等我回到卓元方家，已經晚上十二點多了，一開門，他就站在玄關，一臉無所事事的樣子，「還沒睡？」我說。

「嗯，妳吃飯了嗎？」

「你還沒吃？我去幫你煮。」

他拉住我，有些擔心地看著我，「不用，我是問妳。」

我看著他，他也看著我，我再看看他拉著我的手，他這才意識過來，放開了我，「伯母在妳房間睡覺，在妳回來的前十分鐘才剛進去的，可能還沒睡，妳要不要……」

「不要。」以我現在這種情緒，恐怕無法面對我媽。我抬頭看著卓元方，「我需要你幫我。」

他有些驚訝地看著我，我懂他為什麼驚訝，因為我不曾這麼無助，「我可以幫妳什麼？」他下一秒便反問我。

我需要他的律師幫忙，拿我的房子換回我媽的土地，我需要能一次解決的律師，我相信他會用的律師肯定有一定的實力，而從此之後，我不想再跟高樂群有任何交集，就算只是把我的名字跟他的名字放在一起，我都不願意。

「妳確定？」

「嗯。」

「巧漫，我覺得不是沒有機會翻盤。」他一臉還有希望的樣子，我卻不這麼覺得，這不是買按摩椅，七天內還可以申訴退費，也不是去電信門市繳費順便被騙簽了新租約，更不是買賣靈骨塔，我媽沒有失智，那也的確是她唯一會寫的四個字，阮氏水仙。

我小學畢業後想教我媽識字，拿著我的課本要教她注音符號，但是我媽忙著賺錢；我晚上總是要拉我媽一起看電視，但我媽忙著幫二叔、三叔送飯，因為二嬸死了、三嬸跑了，我媽活著就是在伺候李家人。

但我無法跟卓元方說得這麼仔細，我只能無奈至極地告訴他，「我知道可能有機會拿回來，但評估下來的機率可能只有百分之五？我媽可以說她被騙，但誰能作證？你知道的，沒有人。好，我跟他耗，那我要花多少時間訴訟？我媽怎麼辦？你知道嗎？我現在甚至覺得，他分手要房子的時候，我就該解決，不然我媽也不會被騙！」

我媽的聲音突然從我背後傳來，「我被騙？」

我真的好想去撞牆，好想好想。

我媽受不了地過來抓我，「妳說阿群騙我？他騙我什麼？」

我真的沒有打算跟我媽講這件事，真的沒有，我真的沒有！因為我知道善良的她會有多自責，我已經是受害者了，還要花力氣去安慰她、說服她，我光想到都累了。

我沒有說話，我不想解釋。

「他說分手妳不死心，不肯跟他解決厝的代誌，他說他很抱歉、很困擾，他說他已經要結婚，不能再給妳希望，問我買的厝給妳，我的土地給他好不好，大家從今以後不要相找，還講妳心情不好，要我來安慰妳。」

我就說了，高樂群真的……我連罵他都懶了。

「他騙我嗎？他沒給妳厝？媽害到妳了嗎？」

「妳不要管，我處理就好。」我一說完，我媽就哭了起來，我很想像過去一樣安慰她，但我真的很累。

「伯母，先來這裡坐啦。」卓元方想帶我媽去沙發上坐，但我媽居然往外衝，我嚇了一跳，馬上伸手拉住她，「妳要幹嘛？」

「去找阿群問清楚！叫他把地還我……」我媽一天搬多重的肥料，我拿的是花，力氣根本沒她大，就在她衝到玄關時，卓元方擋在門口，我真的謝天謝地謝謝他。

但我媽不放棄，仍要往外衝，卓元方腳受傷，又不敢對我媽亂來，幾乎要招架不住時，我放聲朝我媽大吼，「對，他就是騙妳了，誰叫妳不先打電話問我？妳為什麼這麼笨？笨了一輩子還不夠嗎？現在不只妳的地沒有了，連我的房子可能也沒有了，妳高興了？妳高興了嗎？」

我媽崩潰得蹲在地上哭，我看著她哭，也莫名哭了。

卓元方扶起我媽回房，把房門關上，我依稀還聽到她的哭聲，卓元方走了出來，我見他一臉想說點什麼，便率先開口：「我不想聽你說我怎樣，也不想聽你罵我不孝！」

他只是給我一個微笑，把我拉到餐桌前坐好，然後開始煮著咖啡，邊說：「其實我覺得很好啊。」

「好什麼？」

「有吵架的機會很好。」

「你有病。」

「我也很想這樣跟爸媽吵架，我也很想聽我爸媽說那些全天下父母都會說的台詞，但我沒辦法，我是孤兒，被丟在育幼院長大的孤兒，我不知道被爸媽愛著的感覺是什麼，我也不知道愛著父母的心情是怎樣，我都不知道……」

「對不起。」我剛還罵他有病。

他倒了咖啡給我，「看得出來妳很愛妳媽。」

「你怎麼知道？」

「妥協也是愛的一種啊，妳會希望快點解決的原因，不只是因為高樂群，而是妳媽，妳不要妳媽為妳犧牲，妳想保留她原來的生活，這不是愛嗎？」

他說的都對，但我還是想回嘴，「我真的很討厭我媽。」

他微笑著坐到我旁邊，我開始跟他說起我媽有多鄉愿，被人打不還手，什麼虧都吃，專門讓我這個女兒來心疼跟難過，還說不得，一說她，她就只會自責地說「對，媽媽不好，沒有能力給妳過好日子」。

「我有要她給我過好日子嗎？我就希望她給自己過好日子。」

「妳好，她就好，不是嗎？」

是吧，但她沒有想過，她好，我才會好，誰會知道，有些人的親情就是一種消磨，總得花好多力氣去愛，才有辦法平衡。

「為什麼我們不能過好各自的日子，誰都不要拖累誰？」

「當然可以，像我一樣，就沒有人可以互相拖累。」他說得雲淡風輕。

「你是不是覺得我身在福中不知福？」

「我只想說，每個人有每個人的難關要過，只是妳的剛好是這種，我的又剛好是這種，但如果可以選的話，我想選妳這種，因為自己一個人，真的是太孤單了。」

我看著他若無其事地喝咖啡，忍不住伸手抱他，然後順便撞了下他的杯子，咖啡衝進他的鼻孔，但我也沒有放開他，他氣得在我耳邊吼，「李巧漫，妳是故意的嗎？」

是，誰叫他說太孤單三個字的時候，讓我的心一揪。

我再次緊緊地抱了他一下，才放開他，然後抽張衛生紙，幫他擦擦臉，告訴他，「為了不讓你孤單，我李巧漫這輩子不會戒酒。」

「超夠義氣。」他笑。

我看他笑，也笑了，拍拍他，「謝謝。」

他捏捏我的臉，「杯子妳洗。」然後起身，跛著腳回房間。我深吸口氣，收拾餐桌，打開冰箱想看看還有沒有食材，就看到塞滿的、我媽做的各種小菜，她用了十幾年的布包、農會送的保鮮盒，我摸著那些小菜，重重地嘆了口氣。

好吧，或許我們母女倆這輩子就是得要這麼互相消磨下去。

不去想高樂群那個垃圾用計拿到的土地，如果用這個冰箱的小菜來換我那間房子的頭期款和貸款，我願意，很值得。

於是我起身回房，看到我媽哭累睡倒在床上，我躺到她身邊，從背後擁抱她，她愣了一下，我知道她還沒有睡，便告訴她，「沒事，我沒有生氣，是我的錯，我這八年來沒有回家、沒有打給妳，妳當然不知道我發生什麼事，我沒有怪妳，妳沒有對不起我，我也沒有對不起妳，我們只是太愛對方。」

我可以感覺我媽哭到身體發抖，等到她可以好好說話的時候，她坐起身看著我，我也坐起身看著她，端詳彼此好久，我忍不住說：「妳真的老了。」

「媽媽本來就會老啊。」她伸手抱著我，「巧漫，妳應該打給媽媽的，妳應該打給我啊，妳被拋棄應該打給媽媽啊，媽媽不會拋棄妳。」

我頓時掉下眼淚，抱著我媽。

「我不知道阿群變那麼壞，他來找我還哭呢，說他媽媽不尬意妳，不要浪費時間才分手，說他也不願意，媽媽想說，不要讓妳跟他有交叉，才把地給他，沒地不要緊，但妳要沒代誌啊。」

「我沒事，媽，妳相信我，我來處理好不好？」我看著我媽的眼淚，我能想像她當時是多麼真心、專注地聽著高樂群的謊話，我媽告訴我，「都給他啦，他要什麼都給他，咱的人生可以重來，他這種人就撿角了，媽媽不要妳為他浪費時間。」

「我知道，我不會。」

不管我怎麼保證我不會再因為高樂群受傷，我媽還是緊握著我的手，握了好久好久，才下床去翻她那個農會贈品帆布袋，沒記錯應該用了有十幾年了，她從裡面拿出一本存摺給我，「幹嘛給我這個？」

「妳看看。」她說。

我翻了一下，裡面是我每個月匯給她的生活費，從我沒回家那天開始，連續八年以來，我匯給她的生活費她分文未取，我抬頭看著我媽，她一臉討好地說：「我沒有拿妳的錢去付三叔的養老院錢，我賣番茄賺的。」

「所以呢？妳又要告訴我，妳自己辛辛苦苦省吃儉用，做到要死要活，才存夠兩萬去付三叔的養老院費用？」

「不是，是我有聽妳的話，我沒有再拿錢給阿芬阿天啦，但妳三叔是妳爸爸託付給我的，我要幫忙，我不能對妳爸爸沒信用，但是媽媽知道妳不甘我，我知道了，我有好好想了，所以我證明，我沒亂給他們錢。」阿芬阿天是我三叔那對高學歷低生活能力的兒女。

「而且我也有好好吃飯，妳不覺得我有肥了一點嗎？就是怕妳回來看我，又感覺媽媽吃虧了，媽媽不想要讓妳煩惱。」我看著我媽的雙下巴，眼淚掉了出來，狠狠地抱住她，「媽。」

「乖，不要哭。」

但我還是哭，我媽又一直讓我哭，「過去是媽媽不會想，妳罵媽媽罵得對，我怎麼可以讓別人的兒女過得那麼自在，卻讓妳那麼難過，媽媽會盡力啦，不會再去做那些勉強我的代誌，我也老了……」我媽哽咽著說：「我還想要多活幾年，陪妳啊……」

我哭到不行，我媽還繼續說：「媽媽感謝妳啊，我那麼沒用，妳還能好好活到現在，有自己的事業，雖然感情路不順利，但是不要緊啊，妳那麼漂亮又那麼乖，才交一個可惜，不要像媽媽一樣，一輩子只愛一個人，太孤單了。」

「我若是乖，就不會把妳丟在高雄八年了，我才不乖。」因為哭得太用力，我說得斷斷續續。我媽也哭了，伸手打了我的屁股，「對，妳不乖，讓媽媽打八下就好。」我媽真的打了我的屁股八下。

然後母女倆抱在一起，哭到睡著。

我記得上次我媽抱著我睡的時候，是我爸過世那天。

其實我爸的離開，讓我和我媽心裡的某個角落倒塌，只是我們都沒有意識到，我媽忙著生計，我忙著長大，等我大到可以好好講話時，那倒掉的地方早就積了很多灰塵，我們一開口就嗆到，最後放棄溝通，變成我只講我要講的，她藏她不想說的。

對彼此噤聲，轉身才有力氣面對生活。

今晚，我們雖然無法修復那個倒塌的地方，但至少清掉了積累的灰塵，因為那個倒塌的地方，是我父親葬在我們心裡的位置。

我在飯菜香裡醒來，迷迷糊糊拿了手機一看，居然十一點多了，轉身見我媽不在床上，我趕緊起身下床，衝到外頭去時，就見我媽跟卓元方站在瓦斯爐前說說笑笑。

「不知道的人還以為你們才是母子。」我發誓我絕對不是吃醋。

我媽和卓元方同時轉過頭看我，卓元方一臉得意地說：「是啊，跟妳介紹一下，我乾媽。」

「那叫聲姊姊來聽。」

「我聽乾媽說，我們一樣大。」

「但先喊她媽的是我，先來後到，叫！」他根本不理我，轉頭繼續和我媽聊天，要不是我媽還記得喊我吃飯，我覺得我真的該離開。

當我整理好，再次走到餐桌前時，他們已經開動了，是的，沒有等我，又或者是無視我，兩人吃得開開心心。請問我看起來長得很像小三嗎？

我沒理他們，自己坐下吃著，還好我媽還有良心，知道幫我夾菜、替我舀湯，當然卓元方也有啦，「阿方，謝謝你幫我們家巧漫。」

「沒有啦，乾媽，小事而已。」

我笑了笑，看了眼卓元方，然後跟我媽說：「媽，妳不用跟他客氣，反正我們現在是一家人了啊，不是嗎？妳乾兒子耶，好像滿有錢的，以後我會記得叫他孝順妳。」

然後我得到一個卓元方的白眼，當然還有微笑。

因為從今天起，他有家人了。

「等等幫我叫計程車好不好？」我媽突然問著。

「去哪兒？」我問。

「回高雄啊。」

「妳難得來台北，不多玩幾天嗎？我現在也不忙，剛好可以去走走啊。」

「不用啦，我沒有興趣，我還比較想要回去看我的番茄，雖然地快沒了，但我還是掛心我的果園。」

「乾媽，妳不要擔心，妳就繼續種，地一定拿得回來的。」

「真的嗎？」

我看了一眼卓元方，他低聲告訴我，「我早上把狀況都跟律師說了，晚點他會跟妳聯絡。」

「謝謝。」

「一家人謝什麼？」

我笑笑地推了他一下，沒注意到他手上捧著碗，湯差點灑了出來，他氣得喊我媽，「乾媽，妳看她啦，怎麼那麼粗魯？」

我才懶得理他，繼續跟我媽的愉快午餐，因為我很清楚，我媽留不住，她連台北的空氣都吸得不自在，於是我只好開車，和卓元方一起送她去車站，她拉拉我們兩個，「你們不要常常吵架。」

所幸她把後續叮嚀的話吞了回去，只對我說一句「媽媽知道妳一定會好好的」。

「對，妳也要好好的，我會回家。」

「好，阿方，你有空也回家。」

這次，我媽沒有擁抱我，反而擁抱了卓元方，他嚇了一跳，先是一愣，後來也伸手抱住我媽，我看著他的眼眶有些溼溼的，不知怎麼的，我也吸了吸鼻子，他值得被親情擁抱。

我們一起到月台，一起看著我媽上車，一起對著我媽揮手，一起看著火車駛離。我媽堅持不坐高鐵，因為她喜歡火車的聲音，我爸曾經帶著她坐火車去台南找朋友，那是他們唯一一次的小旅行。

她現在坐在車裡，應該會聽到我爸的聲音。

「這樣不是很好嗎？」卓元方的一句話拉回我的注意力。

「怎樣很好？」

「就這樣啊。」他說完轉身離去，我一臉莫名其妙地追上去，「怎樣啊？」「就這樣啊！」「怎樣啦！」我們就這樣一直問來問去，直到上車。

其實我知道他說的怎樣，是怎樣。

我開著車，往咖啡店的方向去，兩個人都沒有說話。他看著窗外的眼角是彎的，我看著前方，嘴角是笑的，我們都在我媽身上得到了一些力量吧！

一到咖啡店，妙妙也到了，我好好地跟她解釋了所有的狀況，她越聽越傻眼，然後喝了兩杯大杯冰美式才有辦法冷靜下來，「所以妳現在要跟樂群哥打官司嗎？」

「應該是協調和解。」

妙妙看著我，一臉不知道怎麼安慰我，我告訴她，「不用安慰我，我已經得到很多安慰了。」不管是我媽、卓元方，還是我自己，都已經好好地安撫過我的心了，我不需要更多的安慰，我要的是正常生活。

一個不需要再跟高樂群有任何交集的生活。

「那妳要加油。」

「好。」

於是我、妙妙跟卓元方開了快三小時的會，針對接下來怎麼合作，我也都提了初略的想法，包括室外的設計、室內花品的提供，雙方還簽了合作備忘錄。

雖然我們是家人，但公歸公，私歸私。

畢竟之後花店重新開幕，我可能得花很多時間在店裡，如果這次合作能為我的工作帶來新契機，會不會之後我就靠接案生活，也不要花店了？我不知道。

雖然只是亂想，但想到我的未來還有很多可能，我就忍不住好心情。

會議結束後，我便讓妙妙去小小花店工作，花卉採購我會處理，另外暫時不接預訂，但過路客買花的基本包裝，妙妙還是可以應付。跟了我那麼多年，能陪我應付那麼多大風大浪的孩子，是有一定實力的，我相信我不在，她還是能好好工作。

「我自己一個人會有點緊張。」她說。

「誰不是一個人？」我說。

「妳笑我單身嗎？」

「我自己也單身啊。」

妙妙笑了笑，「巧漫姊，我會努力的。」

「不用太努力，該下班的時候就下班，妳不要把青春都放在工作上。」我覺得我過去就是太努力了，才會忘了生活該是什麼樣子。

妙妙笑笑點頭後離去，我知道她會做好的，只要給她舞台。

妙妙一離開，卓元方就走了過來，把他的手機遞給我，「律師找妳。」

我接過卓元方的手機，坐在剛才開會的位置，和律師講了快兩個小時，把所有的狀況全都好好釐清。律師好像吃了正義丸子，他告訴我，屬於我的，他會一毛不少地幫我討回來，不知道為什麼，聽著他的口氣，我就相信他了。

「最主要是地，房子我可以不要。」這是我最堅持的。

和律師通話時，一直有電話進來，我本來想讓卓元方接，但他不知道去哪裡了，我只覺得來電號碼有點熟悉，但我沒時間多想，只能讓自己專注在和律師的對話上。

結束通話後，我把手機還給卓元方，他關心地問：「ＯＫ嗎？」

「你的律師有不ＯＫ的道理？」

「當然沒有！」他驕傲的呢。然後他像想起什麼似的知會我，「乾媽到家了，剛有打給我。」

「為什麼不打給我？」

「當然有打，但妳在忙啊，妳的手機沒人接，乾媽打我的手機又一直占線，她才打到店裡。妳啊，今天超忙，都天黑了。」他指指外頭，我才發現外頭果然暗成一片。

「難怪我肚子餓了。」

「走，去吃東西！」他邊說邊幫我收桌上的東西，我突然想到，「對了，你的手機剛有幾通來電，都是同一個號碼，只是我沒辦法接。」

他滑了一下手機，瞬間變了表情，「怎麼了？」我問，他先是一愣，接著收起手機，用平常的語氣說：「沒怎樣啊。」我知道他的怎樣，不是他說的那樣，但我沒有多問。

我們才剛踏出咖啡店，一輛計程車在我們面前停下，然後門打開，安安衝了出來，看到是我們，馬上喊：「幫我付錢！」

我和卓元方都嚇了一跳，但我沒有多問，馬上掏錢付了計程車資，付錢時看了一下車內，真的只有他一個人，司機不高興地跟我說：「不要放小孩一個人在家，夫妻自己出來約會，這樣不好。」

「我……」我不知道要怎麼解釋，只好付了錢，然後轉身問安安，「你怎麼回事？怎麼不先跟我說一聲？你媽知道嗎？」

「不知道。」

我倒抽一口冷氣，「你知道自己在幹嘛嗎？而且你怎麼知道我在這裡？」安安看著我，小心地拿出咖啡店的名片，上頭還有卓元方的名字。我看著卓元方，他馬上解釋，「那天陪妳回去的時候，我拿了名片給安安，交代他有需要幫忙就來找我。」

我的心好像又被什麼打到一樣，「你很煩。」

「我怎麼了？」他一臉無辜。

太好，太讓人心動。

我收拾波動的情緒，看著安安，「我必須打電話給你媽。」安安拉下了臉，「可以等一下嗎？我不想回去，每天都關在飯店，我想去上學，媽媽每天都不說話，我的哈利波特又看完了……」

「那你出來的時候，媽媽不在嗎？」

「她說她去辦事情。」

我還想再問，但卓元方打斷了我，問安安，「吃飯沒？我們剛好要去吃飯，要不要一起去？」安安狂點頭，卓元方再問：「那你想吃什麼？」

「吃煮的菜，不要外面的。」安安這麼說，卓元方馬上抬頭看了我一眼，我嘆了口氣，點點頭，「但阿姨還是得先打給你媽媽，這樣她才不會擔心。」安安很勉強地點了點頭，於是卓元方先帶安安進咖啡店，熱了杯牛奶給他，我則趁這個時間打給如晚。

「是我，巧漫。」

「安安是不是去找妳了？」如晚的聲音又急又慌。

「對，他和我在一起。」

「妳在哪裡？我馬上去帶他回來，他不能在外面太久。」

「我們會回家吃飯，妳一起來，我等等傳地址給妳。」

「不需要，我馬上去接他。」

「妳不需要，但安安需要。」我一說完，電話那頭沉默片刻，我知道如晚妥協了，「我把地址傳給妳，待會見。」把地址傳給如晚後，我和卓元方、安安去超市買了些菜，我們決定晚上吃火鍋。

只是停好車的同時，我也看到高樂群的車子就停在附近，我突然想起昨天會議室門打開的那一刻，怡可哭得傷心的樣子，希望她撐了過來，不管她怎麼面對自己跟高樂群的感情，我都希望她好好的，因為我心疼她，就像心疼那時候的自己。

「妳發什麼呆啊！」卓元方和安安已經在電梯口等我了。

我趕快跑了過去，因為我的生活還在繼續。

上了樓，我開始準備吃火鍋的食材，然後我莫名地好像聽到我媽的聲音，我一轉頭，卓元方拿了手機過來，他居然跟我媽在視訊，「媽，妳手機怎麼有網路？妳會用？妳什麼時候換智慧型手機了？」

「去年換的，阿水伯都用這個跟在國外的囡仔講話啊，我想說買起來放，以後我們可以用。」我一陣心酸，覺得那八年沉默的抗議真不知道是為了什麼，自己這是何必？

「昨天阿方有幫我用，也有教我，我現在會了。」

「對啦，阿方最好啦！」我如果不故意這麼說，我覺得我會哭。

「這不是廢話嗎？」他得意。

「媽，妳吃飯了嗎？」

「吃了啦，都幾點了。庄頭的活動中心有運動課，我要去上了，現在那邊建設得不錯，妳有空再回來看。」

「好。」但如果要花八年，我媽才會像現在這樣多愛自己一點，我又覺得好值得，

「注意身體喔，有什麼事，隨時打給我。」換我叮嚀她。

「知道，你們快去吃飯。」我媽對我們揮手道再見，安安還很乖地喊了奶奶，我媽頓時多了好多子孫。掛掉電話後，我對卓元方說：「你沒有跟我媽說，手機不要拿太近嗎？都一直照到鼻孔。」

他對我翻了個白眼，「怎樣，那也是乾媽的鼻孔啊！」然後他拖著腳，對，他好像沒那麼跛了，就是拖著腳，回到了安安旁邊，兩個人一起玩 switch。這一刻，我的心有著前所未有的平靜。

等我煮好火鍋時，手機震動了一下，我看了訊息，要卓元方下去幫忙帶如晚上來，他一下樓，我就看到安安有些不安，「是不是怕被揍？」

「嗯。」他很誠實。

「這就是自由的代價，懂嗎？」

他似懂非懂地點點頭，我蹲在他面前，跟他說：「你也知道你偷跑出來一定會被罵，那就要做好心理準備。」

「我知道。」

「那你知道等等該怎麼做嗎？」我問完，安安便點點頭。

接著，卓元方就帶著如晚進來，我看了安安一眼，安安馬上跑過去，直接跪在如晚面前，「媽，對不起。」哪招？

如晚瞪了他一眼，「起來，衣服你在洗嗎？」

安安討好地笑笑，趕緊起身，我對著如晚說：「吃飯吧！先吃飯再說。」她看了我一眼，沒有多說什麼，和大家一起入座。我看她瘦了，眼神像是對日子倦了，安安很開心地吃著，卓元方也很識相地幫忙照顧安安，反而是我和如晚不知道要說什麼。

我想問，但我知道她不會回答；我很想幫她，但我力不從心。

我真的是沉吟好久才吐出一個問題，「接下來有什麼打算？」

「沒有。」

「要住一輩子飯店嗎？」我問。

「我不知道。」然後她句點我。

我們又回到沉默的狀態，還好安安隨口問了一句，「媽，我什麼時候才能上學？」

如晚沒看安安，若無其事地說：「你不能去幼兒園了，我剛就是去幫你辦手續。」

「為什麼？」安安有些生氣。

「你很快要上小學了，就先不用去幼兒園。」

「我不要！」

「沒有不要這件事。」

安安難過又生氣地丟了筷子，如晚二話不說把他拉下位置，「不吃就走。」安安不肯，兩人拉拉扯扯，安安的眼淚在眼眶打轉，但硬是不讓它掉下來，就知道這個孩子很倔強。

我和卓元方趕緊制止，安安躲到了卓元方身後，如晚氣哭了，「你再繼續跟我唱反調，那我乾脆讓你被抓走！」

「我不要！」安安哭吼。

如晚受不了地蹲在地上哭，我走過去安慰她，我第一次看到她這麼無助，卻只能輕輕拍她。她很快就哭完了，不到十秒，對安安說了一句，「反正台北是不能住了。」

安安跑過來抱著如晚，「那我們去別的地方住，我去別的地方上學可不可以？」如晚也難受地抱著安安，心疼得直掉眼淚。

我看著她們，突然有個想法，「要不要去住奶奶家？」

安安一愣，突然笑著說：「好！」

「什麼奶奶？」如晚不明白，於是卓元方帶著安安吃飯，我則在客廳裡稍事解釋我為什麼會去晚晚安住，為什麼現在又住在這裡的始末。

「所以他不是妳男朋友？」

「不是。」我說完，如晚只是看看我，又看看卓元方，笑了一下。天要下紅雨了吧？第一次看到她臉上有所謂的笑容，雖然只有一秒。

「其實安安是我姊的小孩。」她在我還沒反應過來時又丟了這一句，我有些傻眼地看著她，「我姊未婚生子，我姊夫是黑道大哥的兒子，被仇家尋仇殺死。」如晚邊說邊拿出手機，搜尋當時的新聞給我看，我有些口乾舌燥，「妳的意思是，安安可能是未來什麼黑道盟的繼承人？」

「妳覺得我有可能讓他去當黑道嗎？」

「當然不可能。」

「我姊夫死後，我姊姊生下安安，之後得了憂鬱症，自殺過世了。」我又倒抽了一口冷氣，我知道有些人的痛苦難以想像，但我很努力地去想像，這樣我才能站在她的位置，才能夠感受她的痛苦。

「所以，妳躲的是想帶回孫子的黑道老大？」我問，她點頭。

我拍拍她，「去我家吧！」

「這可能會害妳們被牽連。」

「那就牽連，怎麼了嗎？」我笑笑說著，如晚一臉感激地看著我。

「不要這樣看我，妳如果去我家住，還能陪我媽，是我賺到。」

如晚看著我，掙扎了很久，終於對我說了聲，「謝謝。」

「走吧，我們去吃飯。」

回到飯桌上，我和卓元方對看一眼，然後有默契地笑了笑，這晚，我們好好地吃了一頓飯，開了瓶紅酒，緩緩地喝著，餐桌上有了笑聲、有了談話聲，還有了平靜。

壞事總是會過去的，無論如何都要過去的。

# chapter 9 每一天都是重新開始

一早，我便先送卓元方去咖啡店，他在車上一直跟我說，不能等他開完會嗎？奇怪了，如晚的車票明明就訂十點半，他十點要開會的人，是要去送什麼？難道要為了他改車票嗎？

「不行嗎？」他居然這麼問。

我沒有理他。我後來學會，讓他閉嘴的方法就是不要附和他，於是我繼續開車，他不爽地繼續說、繼續念，我還是沒有理他，他的臭臉是全國級欠揍，但他的心真的是世界級柔軟。

昨晚安安跟他睡，他怕自己動作太大，就睡地板。是不是太感人？

你現在告訴我，他在房裡偷織毛衣，我都信。

到了咖啡店門口，我按下車子的解鎖鍵，他還在問：「真的不行嗎？」

我懶得跟他多說，直接幫他解開安全帶，「下車！」說完的同時，他一個抬頭看著我，我發現自己差點吻上他，我發誓，我真的在他眼裡看到一秒的害羞，但下一秒，我嚇得連忙往後一彈，頭又撞到玻璃車窗。

他沒好氣地拉過我，看著我的後腦勺說：「妳是中猴喔！」

你才中猴、中風、中樂透啦！

我氣得推著他下車，他也氣得吼我，「不要推了啦，我腳還沒有全好耶……」他一下車，我直接欺身過去副駕駛座，直接伸手拉上車門，更懶得從車窗看到他在車外跳腳，好的那隻，於是我迴轉駛離。

結果不到十分鐘，我媽打來了，我按下藍牙耳機接通，開心地喊了聲「媽」，但都還沒有來得及說別的，下一秒，我媽就潑了我冷水，「巧漫，不要對阿方太凶。」

哈囉？我？我是不是聽錯？「媽，妳再說一次。」

「我說妳不要太凶啦，常常發脾氣會老呢。」

我超想再一個迴轉，開回咖啡店大罵卓元方，順便踩爛他好的那隻腳，但我來不及，因為當我掛掉我媽的電話，才正要找卓元方的電話回撥，妙妙就傳了幾張照片，那是她送花去咖啡店時，卓元方小心摸著花的模樣，妙妙剛好捕捉到他小心翼翼呵護花朵的情景，而我相信，會善待花的人都是善良的。

好吧，雖然剛剛很賤，但如果他真的覺得我媽是他的某種依靠，其實我很替他開心。

回到住家大樓，我陪如晚整理好東西後，便送他們到車站，我從後照鏡看著如晚的臉，我能明白她承受的壓力，她一定也是個失去很多的人，當我失去了這十五年的愛情、失去了一個多月的記憶，我真的以為我會死。

但還好，卓元方成了我的救生墊，我摔了下來，也還好他的溫柔夠厚。

他嘴真的很壞，但只要看到他，你就知道人生沒有什麼好怕的。

我們都曾經失去很多，我很懂那種被掏空的感覺，像是血液被放盡，你想喊，喊不出來；你才剛想哭，臉上就掛滿淚；你不想活，但又死不掉；你試著開朗、試著陽光、試著讓自己充滿正向能量，但最後那些努力，都成了自己對自己的嘲笑。努力不去痛苦是假的，因為痛苦就是在那裡，它不會主動消失，你只能先承認自己的痛苦，背著那些痛苦，每過一天就像翻過一面高牆，一天翻過一天，那些壓在你身上的痛，就輕了。

習慣痛苦，是可以駕輕就熟的。

我沒有問如晚失去了什麼，因為那真的很難啟齒，有時候，你甚至不確認自己是不是曾經擁有過。

到了車站，我本來想送如晚和安安進去，可是如晚拒絕，即便如此，我還是下了車，只在門口送他們，如晚要走進去時，又對我說了一句，「謝謝。」

我微笑，也回她一句，「謝謝。」

我抱了一下安安，「安安，再麻煩你幫姨多照顧奶奶，讓她不要太累好嗎？」

「ＯＫ！我會的。」

看如晚牽著安安離開，我並沒有分離的感覺，因為他們去住我家，於我反而是一種獲得。我就這麼看著他們的背影遠離，直到看不到了，我才離開。

開車去花店的路上，我一直在想，明明發生不到兩個月，為什麼我卻有種過了二十年的感覺，現在問我過去十五年那段感情裡還有什麼？我真的全忘光光了。

這應該算是走出來了嗎？應該吧！

回到花店，見外頭繡球花座上掛著 Welcome 的牌子，我忍不住上前摸了摸，妙妙在裡頭見我來，開心地衝出來抱著我，「巧漫姊，我也剛從咖啡店那裡過來，妳看照片了吧？我今天桌花放小雛菊，這樣可以嗎？」

「可以，很美。」

「我超擔心方哥不喜歡。」

「妳放心，他是相信專業的人，還是妳覺得自己不專業？」

「當然不是，妳叫我去進修的設計課，我都有去耶。」

「那就好啦，要有信心一點。但注意一下，因為窗邊的陽光和熱度比較高，所以靠窗的桌子不一定要用花，用些特別的草做裝飾也可以。」

「好！」

接著我們走進店裡各忙各的，過程中像是累積了很久的能量一樣，完全都不會累，能重新沉浸在工作裡，多好。

妙妙應付著來店的客人，我則是忙著畫咖啡店外的設計圖，畫了幾次都不滿意，只好翻翻資料，看看窗外，然後再繼續畫，一直到妙妙來問我，「巧漫姊，我可能要閉店了，妳要繼續待著嗎？」

我抬頭一看，才發現天黑了。

「怎麼那麼快？」

「快八點了。」

我嚇了一跳，「快八點？妳不是早該走了嗎！」只有妙妙一個人顧店時，我請她把開店時間改成早上十一點到下午六點，但現在都快八點了，她還在我眼前是怎麼一回事？

「因為我叫妳，妳都沒有理我。」

「那妳下次打我吧！快回去，明天晚點來開店沒關係。」

「不要！我就是要準時來。」她故意跟我唱反調，我只好一直趕她快點回去，店門我會關。妙妙走後，我拿起手機一看，卓元方打了好幾通，才想回撥時，鈴噹響了，店門被推開，我邊說邊轉身，「不好意思，我們打烊了。」

一回頭才看清楚，來店裡的人，是趙怡可。

她就站在門口和我對看，不知道在看什麼意思的，看了將近一分鐘有吧，這六十秒，我真的是度秒如年，見她不說話，我輕嘆一口氣，問她，「妳是來找我打架的嗎？」難道我也要走到這一步，和小三大打出手？

我真的不想。看趙怡可應該是個家境不錯的單純女孩，她打不贏我的。

「我第一次來找妳的時候，妳為什麼不說？妳是不是覺得我是笨蛋？妳是不是在笑

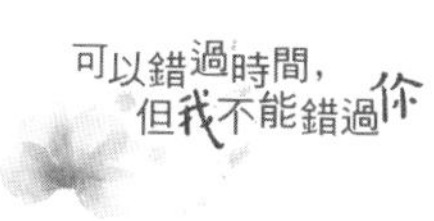

我？」她的聲音有些抖，但口氣理直氣壯的，正在檢討我這個被害人。

「說了妳信嗎？」我反問。

就像我得要花很多時間才能相信高樂群真的欺騙我，難道她不用？

「不管我信不信，妳還是要說啊！」她激動得開始哽咽，我有些慌，不知道我這個前女友該說些什麼好安慰現任女友，而且我還是因為被劈腿才分手的前女友。

「好，對不起。」我不知道為什麼，就突然覺得自己好像真的對不起她一樣，我不知道別人會怎麼選擇，但對我來說，她的確有資格知道真相，雖然我覺得該向她坦承的人是高樂群。

「妳幹嘛說對不起？」

「那妳希望我怎樣？」

她走到我面前，突然嘩的一聲大哭起來，「我要跟妳道歉。」哇，她不走來還好，一走過來，那濃濃的酒味我真的是好熟悉又好害怕，再加上她哭得好像走失兒童，我嚇得退了一步。

「妳不用道歉，妳也是受害者啊，還是說，妳明明知道他有女朋友，也願意當小三？」

她瘋狂搖頭，「不是！我真的不知道！我真的不知道自己成小三了，我最討厭小三啊，可是他怎麼可以讓我變成小三？」她哭得蹲坐在地，「我還像個白癡一樣，來這裡炫耀他跟我訂婚，妳心裡一定很難過，他還敢叫人訂妳的花來求婚，他怎麼可以這麼過分？我好難過，我真的好難過，我好像做了很多壞事，妳跟他在一起十幾年，他都可以不要妳，那他一定很快也會不要我，他怎麼可以這樣！」

「妳可以起來再說嗎？妳穿裙子耶。」

「穿什麼重要嗎？重要的是我變成小三啊！」

「我沒有怪妳。」

「可是我怪我自己啊！我真的不想再看到他了，他至少有給過妳真心，但從他說喜歡我的第一天開始，就全是謊言，他全在騙我，我根本什麼都不是，要不是我爸媽願意投資他的事務所，搞不好今天被拋棄的人是我！」

我發現她喝了酒有點盧，我突然可以想像卓元方面對我時的心情，一想到我那時候發酒瘋被拍下的影片，我頓時覺得，我真的沒資格說她。

我伸出手，「先起來好嗎？」

她沒有理我，繼續哭個不停，「我們在一起兩年耶，他就整整說了兩年的謊，他怎

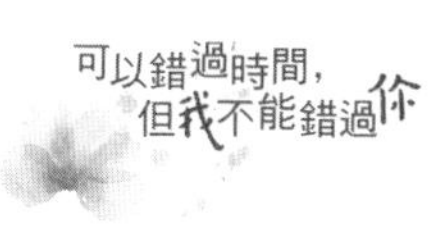

麼可以這麼壞？我還以為他的溫柔是真的、他對我的好是真的、他對我說的話是真的，我這兩年根本活在謊言裡啊！我覺得我自己好像智障、白癡，我怎麼會把日子過成這樣？」

但我不覺得那全是謊言，至少有一點真，我相信高樂群對她是有感情的，因為她的確是個很討人喜歡的女孩。

「我知道妳很難過，妳的心情我完全可以理解，但我真的覺得妳找錯人哭訴了。我叫計程車送妳回家吧。」

我轉身要走，她突然抱著我，不讓我離開，「巧漫，我不能回家，我不想看到他，更不想住在妳的家，住在那裡面，我覺得自己像個賤人，我還跟妳說我要動妳的裝潢，妳那時候為什麼沒有賞我巴掌？」

「因為妳不知道啊，我怎麼能怪妳。」我嘆了好大一口氣，「不然妳可以回妳自己家啊。」

「不行，我回去我爸媽就要問我婚期，我還不敢告訴他們，他們都很喜歡樂群，說我有眼光，說樂群是好男人，他們如果知道他是那種人，我爸媽會很難過的，都怪我！都怪我……」

我媽應該也很難過，她覺得女兒可以託付終身的人，結果是個渣。

「那妳想要怎樣？」

「我要跟他分手！分手！分手！」

「那妳就不應該來找我，而是要去找他說清楚。」

「他不分手啊！他說他不會跟我分手，他說他是真的愛我，說的好像真的一樣，我覺得我快被他說服了，但是我好怕，我真的好怕，我很愛他，又很恨他，巧漫，妳快罵我，快罵他！」

罵很容易啊，有什麼難的？重點是罵完了，然後呢？

面對趙怡可，我真的罵不下去，我真的懂她的心情，她的掙扎、徬徨，我都剛走過，所以我無法指責她怎麼那麼沒用！我甚至還比她沒用，正因為我也曾經痛不欲生，才更能明白她此時此刻的痛苦、明白她有多無助。

如果有人在我面前說，「還好吧，為一個渣男，有什麼好哭的。」我真的會三巴掌打下去，一巴掌打「還好吧」，哪天你很痛苦的時候，我也跟你說還好吧，看你會不會想打我；再一巴掌打「為一個渣男」，其實哭到最後，根本不是為他，是為自己不值，你想到自己在這段愛的付出和勇敢，你就是會掉淚。

最後一巴掌，打「有什麼好哭的」。

可以笑，就可以哭。你看別人笑時，如果不會說長道短，那別人哭的時候，更沒有資格論斷，不哭不是堅強，不哭只是一種壓抑，不哭從來就不是一件好事。我覺得哭很好，至少悲傷還有個出口。

只是我本人真的很不會安慰哭的人。

「妳喝醉了，現在需要的是睡覺，有什麼事等睡醒再說。」

「不要，我不想醒，我不想面對這一切，為什麼是我？為什麼是我遇到這種事？為什麼！為什麼！為什麼！我又沒有做壞事，為什麼遭報應的是我！」

「說報應會不會太嚴重了？」

「明明就是！大家都覺得我很幸福，我也覺得自己很幸福，結果是一場空，我一定是太得意忘形了，所以老天爺要處罰我。但老天爺為什麼不去處罰高樂群，他才是壞人！」

我蹲下去拍了拍趙怡可，很想告訴她，這真的不是處罰，而是禮物，能讓妳看清一段感情，讓妳知道，除了自己以外，什麼東西都可以失去。但我沒辦法這麼跟她說，因為這個禮物是要靠自己拆開的。

我沒辦法幫她拆。

結果她整個人撲到我的身上，抱著我大哭，我想推開她，卻怎麼都推不開，她好像把我當成救生圈一樣，緊緊纏住，不管我怎麼掙扎，就是無法掙脫，我就快被抱得喘不過氣，以為小命就要休矣的時候，有人拉開了我跟她。

「妳在幹嘛啊？」卓元方瞪著我。

我不誇張喔，一看到他來了，我馬上緊緊抱住他，重新活過來的感覺太好，我狂對卓元方道歉，「對不起、對不起、對不起……」

他在我頭頂上說：「妳到底在發什麼神經？」

「讓我對你多說幾句對不起，我發酒瘋那個月真的欠你太多。」想到趙怡可才來找我不到半小時，我都要崩潰了，更何況那時候我天天去煩卓元方。

他推開我，「沒事又講那些幹嘛？話說妳是不會回一下電話喔？要不是小杰有留妙妙的電話在廠商資料，我打去問她，還真不知道妳跑去哪裡……」

他說到一半，眼光往倒在地上的趙怡可一瞥，「這是怎樣？」

「這就是為什麼我沒有回你電話的原因。」

「她來幹嘛？」

卓元方才問完，趙怡可突然起身，朝著他衝過來，失控地狂打卓元方，「高樂群，你這個王八蛋，王八蛋……」

我和卓元方都嚇了一跳。趙怡可的手勁不大，但是卓元方的腳還沒有全好，加上我擋在他們中間，卓元方怕趙怡可傷到我，一直要把我推開，慌亂之中，趙怡可的指甲戳到我的眼睛，我又沒有時間喊痛，只能像瞎子一樣攔住趙怡可。卓元方不打女人，只能把我拉到一邊，偏偏趙怡可又追了過來，我們就在花店裡繞圈圈。

這時候的背景音樂應該要下林宥嘉的〈兜圈〉。

「路過了學校花店，荒野到海邊，有一種浪漫的愛是浪費時間。」可以路過我的花店就好嗎，趙怡可小姐？

真的是世界級荒唐，她該追著打的人明明就在她家！

我真的受不了，拿起花筒的水往趙怡可一潑，「他不是高樂群，妳可以冷靜一下嗎？」

卓元方也被我嚇到，一臉驚慌地看著我，「妳真的是有無限可能耶。」

我沒好氣地瞪了他一眼，「不然你的腳到底打算什麼時候好？」

他笑笑地摸了摸我的頭，「妳很棒！」

我白眼他，「謝謝。」

這時趙怡可好像才真的清醒過來，看著卓元方掉下了眼淚，「對，他不是，他是妳的未婚夫。」

「所以妳知道把他當成高樂群有多侮辱他嗎？」這可是我的肺腑之言，拿高樂群比卓元方，真的很不公道。

「抱歉。」她止不住啜泣。老實說，我真的很心疼她的眼淚。

「抱歉的是我，害妳衣服都溼了。」但不這麼做，我真的覺得沒完沒了。

「沒關係、沒關係，是我活該……」她楚楚可憐的樣子，連我都捨不得，我把我的外套披在她身上，她感激地看著我，「巧漫，妳人真的很好。」

「妳也很好。」我說。而她回了我一個苦笑。我有些擔心她的狀況，「需要送妳回去嗎？」

「不用了。」她一臉失落地轉身離去，我其實很想叫住她，又不知道叫住她後能為她做什麼。

我和卓元方送她到門口，以為鬧劇可以結束的時候，她突然轉頭對我和卓元方說：「可以陪我喝酒嗎？拜託！」我和卓元方對看了一眼，我可以看出他眼神裡的拒絕，但我拒絕不了趙怡可眼神裡的無助，於是我說了聲，「好。」

卓元方一臉世界末日，「我跟妳說，妳們兩個都喝醉，我真的不會管妳們，睡在路邊我也只是踩過去，我真的不會理妳們……我真的不會！」

我帶著趙怡可出去，卓元方還在我身後吼，「李巧漫！」

我只是覺得，若有人站在痛苦的最高處，瀕臨失足之際，需要有人願意在底部當個救生墊。

如果我可以理解別人的痛，便應該伸出我的手。

我們來到附近的居酒屋，卓元方氣得一句話也不跟我說，我努力地安撫他，「我又沒有吃藥，只是喝酒，真的沒有什麼，我不會盧你的，我發誓，不然你真的從我身上踩過去，我保證一聲痛都不會喊。」

他瞪了我一眼，「我只是不想妳喝酒，又想起之前的事。」

我就說了，他的心世界級柔軟，可以報名金氏世界紀錄了。我笑笑地看著他，「我都忘了，真的都忘了。」因為你不知道什麼時候把我的痛苦都帶走了。

「妳不要這樣笑，也不要想用美人計，我不吃這套。」他冷冷地說。

「不管你吃不吃，至少你承認我是個美人了？」我得意得不得了，他就是惱羞成怒、就是被我說中，才會手忙腳亂故意捏我臉想要轉移注意力，但我不理他，我繼續笑，他氣得兩手都伸出來捏。

突然一道哀怨的聲音傳來，「好羨慕妳，巧漫，我也可以這麼幸福嗎？」

我和卓元方頓時尷尬收斂，卓元方用手肘頂頂我的手，示意我說點什麼，我只能很場面話地說：「可以啊，一定可以。」

「妳騙人！」她又哭著喝了一杯酒，再一杯，「小三都沒有好下場，我就是小三啊，我就是被詛咒的女人，我這輩子再也不會幸福了，不會！」

我和卓元方頓時傻眼，卓元方低聲在我耳邊說：「妳會不會講話！」

「不然要說什麼？這麼厲害，你安慰她啊！」我沒好氣地瞪他。

他一臉我來的表情，先是清清喉嚨，我以為他要說出什麼大道理的時候，他突然朝後面招手，「不好意思，這裡再多兩瓶啤酒。」我當下真的不齒他。

「是妳自己說要陪她喝，妳自己解決。」

服務生送來兩瓶啤酒，趙怡可直接開了一瓶往嘴裡灌。

「怡可，妳不要這樣喝，很傷胃。」我勸阻著。

「這話從妳口中說出來真的很沒有說服力。」卓元方邊吃雞翅還不忘給我一刀。是不是該讓他的腳一輩子好不了？

「不要再看我了，妳手機螢幕亮了。」我看到桌上的手機螢幕顯示有來電，拿起一看，是葦葦，我開心地去旁邊接聽，結果被卓元方拉住，「妳不要丟下我跟她，我們沒話說。」

真的是問題很多。

我只好坐在位置上接電話，一接通就聽到葦葦開心的聲音，「我到家了！」

「真的假的？」

「真的，妳在哪裡？我要去找妳，馬上，我太想妳了。」

我看了一眼趙怡可，「今天可能沒辦法，明天呢？」

「為什麼沒辦法？妳現在人在哪裡？妳還住旅舍嗎？我去帶妳回來，妳先跟我一起住。」

「我現在沒住那裡了啦，暫時住朋友家。我現在是真的走不開，我跟高樂群的女朋友在喝酒。」我最後一句話說得超級小聲，但葦葦還是聽見了，而且整個人大抓狂，「她有什麼臉找妳喝酒？她是不是要欺負妳？我馬上過去，不呼她兩巴掌不行。」

「妳冷靜！」我控制不了我的音量，把葦葦也嚇了一跳，「我沒事，而且事情不是妳想的那樣，我明天再好好跟妳說，妳現在來只會讓我更忙而已，妳知道我拉不住妳。」

葦葦在電話那頭沉默了好久，「好，妳明天就好好給我交代清楚，如果那女人想對妳怎樣，馬上打給我，聽見沒有？」

「知道了。」我笑了笑，「妳回來真好。」

「妳少在那邊裝感性，我明天去店裡找妳。」

「下午過後再來。」

「知道了。」

「明天見。」我開心地掛掉電話，就見卓元方一臉好奇地看著我，「我以為妳沒朋友耶。」

「吵死了，唯一一個可以嗎？我們認識快二十年了吧。」

「感情很好？」

「廢話，跟親姊妹一樣。」

「那妳喝醉的時候怎麼不去找她？」

「因為她出國了啦！不然哪有你的份！」

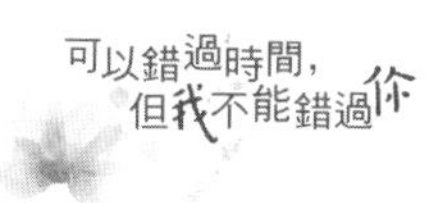

「妳的意思是要我感恩？」我直接塞了個花椰菜進他嘴巴，希望他十分鐘內不要講話就好，十分鐘。

然後趙怡可又大哭了，「你們感情真的好好，為什麼我都沒有……」接著她又直接拿起一瓶啤酒灌完，還遞了一瓶給我，「妳快喝，妳不是來陪我喝酒的嗎？為什麼一直在跟妳未婚夫講話……」

趙怡可突然往桌上一拍，「妳是不是帶妳未婚夫來看我、笑我？是不是！」她哭到連隔壁桌都在看我們。眼前這情勢，儼然一副我沒把那瓶啤酒打開喝掉，我就是她口中的心機女。莫可奈何之下，我只好開了酒，也跟她一樣一口乾掉。

卓元方在旁邊咬牙，嘴裡不停喊著我的名字，「李巧漫、李巧漫、李巧漫……李巧漫！」我喝完最後一口時，卓元方也吼了最後一句，搶過我手上的空酒瓶一把捏扁，像是在捏我一樣，我笑笑地跟他說：「只有酒而已，沒事！」

「妳最好沒事，妳看我要不要理妳。」

「你會理我啊。」我笑了笑，繼續跟趙怡可喝酒。

趙怡可一直罵高樂群，一直罵一直罵一直罵，我也一直喝一直喝一直喝，還不停叫酒。至於卓元方，看來已經放棄阻止我了。

當晚，我最後的記憶是，我拉拉他說：「不喝了，真的不喝了。」接著我便不省人事了。

奇怪，不是啤酒嗎？

但我的頭卻好痛、好痛！

我再次醒來，發現自己又倒在馬桶旁，旁邊還是卓元方，但我沒有大叫，好像早就習慣他會在我旁邊一樣，我只是很勉強地撐起身，推了推和上次一樣卡在馬桶跟浴缸中間的他。

「起來了。」

他緩緩醒來，然後咒罵一聲：「靠，我的手麻了，都是妳啦！」

「對不起啦！我真的不知道只喝啤酒也會醉。」

「妳確定妳後來只喝啤酒？妳跟那個趙怡可直接去跟老闆要他們店裡最好的清酒！昨天那餐吃了九千多，光酒錢就七千多！」

我倒抽一口冷氣，「對不起。」

「妳這輩子真的還不完了。」

「對不起嘛！」

「吵死了，拉我起來啦！」他凶巴巴的，我只好伸手拉他的左手，同時他也用右手撐起自己，結果我們都用力過猛，就像發射火箭一樣，砰的一聲，換我跌坐在地，他則摔到我身上，我們先是嚇了一跳，發愣地看著彼此……我腦子裡才在想著，再這麼看下去，我肯定會強吻他，人已經不受控制地輕輕往他唇上一點。

對，我一定瘋了，我會怪給宿醉。

他一臉見鬼了的表情，好像我親他是有多可怕。我覺得尷尬，我覺得我好想從三樓跳下去，不，我現在可以馬上去跳，我想要起身逃開這一切的時候，他拉過我，然後吻我。

我剛的親，比起他這個吻，真的是小意思。

我心裡有些激動，也有些感動，原來以為失去愛，從此再也不敢愛的我，居然可以重新開始、重新感受愛一個人的感覺，真的太好了，還好、還好……還能愛還好……

然後，我就聽到有人大聲驚呼，「你們要在這裡做嗎？」

我和卓元方頓時分開，看到廁所門口站著趙怡可，那當下我只想把自己從馬桶沖下去。只見趙怡可又一臉羨慕地說：「你們感情真的很好。」

我和卓元方對看了一眼，不知道要說什麼，我扶著卓元方起身，裝沒事地問趙怡可，「妳怎麼會在這裡啊？」

「我也不知道。」

然後我們同時看向卓元方，突然知道了為什麼，同一時刻，我和趙怡可臉上浮現愧疚的表情，向他說：「對不起。」

「算了，沒什麼好說的，去謝謝 Uber 司機，還好他平常都有載老人去醫院看病，車上備有輪椅，是他推妳們上來的。」

我和趙怡可只能乾笑幾聲。

「不好意思，造成你們的困擾。」趙怡可一臉歉疚地說。

「沒關係，妳還好嗎？ＯＫ嗎？」我小心問著。

她微笑點點頭，又聳聳肩，「可能ＯＫ，可能不ＯＫ，但不就是先解決，才有機會能像妳現在一樣？」

我有點想跟怡可解釋，她這樣的幻想，也是建立在我跟卓元方的謊言上，畢竟我們的確還不是未婚夫妻，「那個……怡可，其實我……」

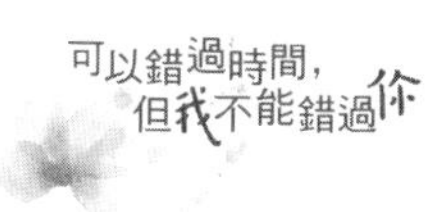

「沒關係，妳可以不用再安慰我，我知道的。」她走到我和卓元方面前，拉起我和他的手，讓我們緊緊交握，「巧漫、元方，你們一定要幸福好不好？這樣我才能告訴自己，只要我有勇氣，就可以像妳一樣。」

趙怡可哽咽了起來。

我突然覺得，為什麼很多人會被騙？因為我們太想擁有一個希望，直銷永遠有市場，因為我們以為那就是幸福的方向，我們很願意相信謊言，因為謊言總是特別美。但我一時間開不了口。

卓元方摟著我的肩，告訴趙怡可，「我們會幸福的。」他肯定是直銷藍鑽等級。

我不自在地笑笑，怡可放開我們的手，一臉堅定地說：「那我要去八樓了。」

「好。」我說。

我給了趙怡可一個鼓勵的笑容，我不會說加油，因為感情的事不需要誰的打氣和應援，需要的是自己的決定和選擇，不管她怎麼選，要留下要離開都好，只要她覺得那是幸福。

於是我和卓元方一起送走了趙怡可，我不知道接下來的八樓會不會有更多眼淚，但我知道，不去八樓，她就走不出來。

「幹嘛一臉感慨？」卓元方問。

「你不覺得很感慨嗎？」

「感慨什麼？」

「人事已非，怎能不感慨？」

「先想想妳自己吧。」卓元方沒好氣地說，然後拖著腳走到客廳，從包包裡翻出一份資料遞給我。

「這是什麼？」

「妳看就知道了。」

我抽出文件一看，是協議書，卓元方的律師幫我拿回我媽的地了，而房子會是高樂群的，但我能拿回屬於我的錢，包括之前投資他們公司的資金也都要回來了，只要我在協議書和過戶登記書上簽名，我和高樂群的一切，就宣告完全結束。

鬧劇一場。

「昨天律師說妳沒接電話，就來了店裡，但妳不在，他只好交代我，我想高樂群沒有那麼壞，他真的只是想要房子，用了不好的方法，但無論如何，該還給妳的，他沒有少給。」

「我知道。」他是沒有那麼壞，但他真的壞了。「對了，Square 跟他的訟訴什麼時候會有結果？」

「快了吧，妳擔心？」

「擔心啊，擔心你會輸。」

「想太多。」然後他的手機響，他開心地接了起來，一臉燦笑。這是通視訊電話，只見他揮著手喊：「乾媽！」

又我媽？

我一氣之下，把手機搶了過來，「媽，為什麼妳都打給他，不打給我？」

「阿方比妳好找啊，妳看妳的手機，我打妳不接，如晚打妳也不接……」我這時才想到，對！如晚跟安安去我家啊！我怎麼可以這麼不在狀況內。

「那她們呢？在哪裡？」

我媽把鏡頭一轉。我真沒想到我媽這麼強，還會轉前後鏡頭。如晚和安安出現在螢幕裡，他們正在吃早餐，「巧漫。」如晚喊了我的名字，我第一次看到她這麼放鬆的表情。

「妳好嗎？」我問。

「很好，這裡很棒，我很喜歡。」

安安搶著說：「姨，我等一下要去看學校，奶奶說學校都不上課，會帶小朋友去抓魚耶。」

「你習慣嗎？鄉下蚊子很多。」

「習慣，奶奶有燒柚子皮，沒有蚊子，昨天奶奶帶我們去她的果園採番茄，好好吃喔，奶奶給我一塊地，說要讓我種東西，我想種發財樹，妳有賣嗎？」

可惡，想抱，太可愛了。

「我下次帶一棵樹回去，但發財要靠你自己，知道嗎？」

「好啦！」安安坐回位置上，如晚則又一次跟我說了「謝謝」。我含笑點了點頭，收下她的感謝。我很懂的，那種你以為自己要倒了，竟剛好有人扶住你的心情，那真的會讓人滿心感激，我得讓她渲洩即將滿溢的謝意。

「有需要什麼，儘管跟我媽說。」

「乾媽已經對我很好了。」

「媽，妳可以不要四處認兒子女兒好嗎？」我又氣得大吼。

鏡頭馬上轉回我媽，我媽對我的話有些不以為然，一臉的 so what。「有什麼關係，給妳多一點兄弟姊妹啊。阿方呢？」

我呢？媽！妳不看看我嗎？

卓元方頓時出現在我背後，「乾媽！」

「我上次拿給你那個藥膏，你記得要繼續貼，才會好得快一點，知道嗎？」

「有，我都有貼。」

「冰箱裡我做的小魚乾多吃一點，補骨頭的。」

「好，乾媽也要照顧自己身體喔！」

「那我們要吃早餐了，你也快去吃喔。」

「好，乾媽再見！」

然後我媽就掛電話了，我呢？媽？我呢？我不用照顧自己身體嗎？我不用吃早餐嗎？為什麼不關心我？我看著變黑的手機螢幕，再次覺得我媽離我好遠好遠，遠到我看不見。

「幹嘛愣在那裡？」

「我在想我是不是撿回來的。」

「白癡喔。」他一臉不屑，突然我手上的手機又震動了起來，我以為是我媽良心發現，但不是，是一個電話號碼，跟上次在咖啡店時，我拿著卓元方的手機與律師通話時打來的號碼相同。

那號碼真的越看越熟，我把手機遞給他，「電話。」

他拿過手機，先是一凜，看了我一眼後，拿著手機，走回房間，還關上房門。我不太在意那通電話是有多重要，要讓他回房間去接，我在意的是，他房間到底是不是真的藏了屍體？房門竟完全沒有打開過。

但不管了，都住那麼久了，沒有屍臭味，應該不是吧！

於是我回房間，想拿衣服洗澡，才發現原來昨天趙怡可就睡在這裡，那我到底是怎麼去廁所的？我再看了下手機，才發現我媽生氣也不是沒有道理，我的未接來電高達二十三通，還有各種訊息。

我逐一確認手機的未接來電和通知，看到一大早葦葦就打給我，不知道要幹嘛，我回撥，是電話中，我只好掛掉，然後去洗澡，刷牙的時候，我又想起和卓元方的那個吻，差點沒心神盪漾到把牙膏泡泡都吃下去。

換好衣服後，我走出房門，剛好卓元方也走出來。

我們很有默契地同時開口，「你今天自己上班。」「我今天自己上班。」

我笑了出來，「我想先去律師那裡一趟，把東西交給他。咖啡店外面的設計，我圖快畫好了，律師那裡的事情處理完，我會把圖 mail 給你。你呢？要出門了嗎？」

「我等等要去 Square 一趟。」

「好，那你自己小心點。」

「知道了。」

我拿著包包正要出門的時候，卓元方突然從身後抱住我，嚇了我一跳，「幹嘛？」

他沒說話，只是緊緊抱著。

我覺得奇怪，但沒有推開他，因為我很享受這擁抱。過了一會，他才放開我，開玩笑地說：「我抱夠了，妳滾吧！」

我很想狠狠地往他的腳踩下去，但我忍住，因為我超想看他好好走路的樣子，只是比起那些，我現在最想知道的是，「我們現在算是什麼關係？」

他大爺居然給我自以為浪漫，但其實很不負責地說：「妳說什麼關係，就什麼關係。」

「以我們現在的身分，我們是不是亂倫？」我說。

他瞪了我一眼，打開門，「滾！」

我微笑著轉身往外走，轉身的一瞬間，親了下他的臉頰，「Bye！」

他愣了一下，我真的很喜歡這種贏他的感覺，然後他又拉過我，親了一下。

我想，可以親來親去的話，應該就是那種關係了吧！

有些話，就不用特別說明了吧。

# chapter 10——可以錯過時間，但我不想錯過你

走在路上，我知道大家可能會覺得我瘋了，但我就是想笑，我搭捷運的時候想笑，我走在路上的時候想笑，電影裡面那種身邊都是粉紅泡泡的情節是真的，我真的覺得連經過的藏獒都可愛得像在對我笑，要我去摸牠。

但我當然沒有。

我覺得全身都好輕，好輕。

我像是踩在雲端，飄到律師事務所，正要進門的時候，又有一通陌生來電，我接起，是趙怡可，「幹嘛？一大早的，別找我跟妳喝酒。」

「巧漫……」

「幹嘛？我有重要的事要辦。」我現在沒有時間安慰她。

「我跟樂群真的分手了。」她有些哽咽。

「那……我要說什麼？」我該恭喜她嗎？還是要安慰她？

「都不用，我只是想謝謝妳，謝謝妳沒有像那些大老婆一樣，抓我的頭髮大罵我狐狸精，也沒有在街上強脫我衣服，也沒有甩我巴掌罵我不要臉，妳讓我覺得自己好像沒有那麼糟糕。」

「妳本來就沒有，怡可，我從不覺得妳有錯，所以妳也不要覺得自己有錯，更甚至，我現在回頭看我和他的十五年，還就大過於愛，也許不知道在某個時候，我們之間就有問題了……算了，反正沒什麼好說的，都過去了，對我來說，真的都過去了。」

「妳很堅強，我跟妳不一樣。」

「我們沒有不一樣。」我甚至還了個最糟糕的方式來選擇逃避，失去記憶的那個月，我不知道自己造成了多少麻煩，我現在最嘔的是，我完全沒有卓元方對我好的印象，如果可以，我真的很想記住。

那時候的他有多不情願，又有多不忍心，那都是他的溫柔啊！還有如晚跟安安，他們每天是怎麼把我拖回房間？我又是憑著什麼力氣，每天這樣來回大樓？

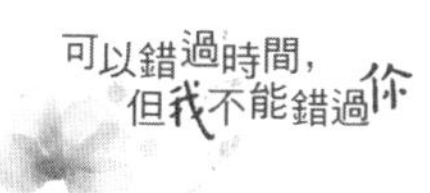


但我想說的是，我付出了很多，吃藥喝酒的那一個月，我的體重直線下降，那個月的月經也沒有來，偶爾抓抓頭髮還會掉髮，這是我不敢讓別人知道的代價，如果可以，我不會選擇這樣的方式。

「妳那時候是怎麼走出來的？」

「少喝酒，難過的時候，就去大安公園跑三十圈，跑到沒有力氣就能睡了，而且還可以好好吃飯。」

「真的嗎？」

「真的。」我用過最壞的方式，所以我想這一定是最好的方式。

「好，那我試試。巧漫，我還能找妳嗎？」

「最好不要。」

「為什麼？」

「因為妳只要看到我，就會想到高樂群，我覺得妳現在要做的，就是遠離和高樂群相關的人事物，重新好好過日子。」

「如果我好了，我們是不是就能見面了？」

「好果妳好了的話，那當然可以。」

「好，妳等我。」

「我等妳。」

掛掉電話的同時，我真心覺得，不知道的人，恐怕會以為我是在跟愛人說話。坦白說，我並不討厭趙怡可，從我第一次見到她開始，我就沒有討厭過她，她的眼睛很亮，從這裡就可以知道，她是個真誠的人。

只是很可惜，我們用這樣的方式相遇，不然我覺得她倒挺像沒有殺傷力的葦葦，如果她跟我們混一起，以她這麼單純的個性，百分之百會被帶壞。

我笑著收起手機，打開律師事務所的門，就見到高樂群坐在那裡，我一驚，見他露出跟我一樣的表情，是看到沒預期會看到的人的那種錯愕。

剛和女友談完分手的他看起來有些憔悴，但不管他如何，我都沒打算跟他打招呼。

剛好律師出來，看見我，喊了一聲，「是李小姐？」

「是，你好。」

「昨天我拿給阿方的文件，妳都有收到嗎？」

「有，我也都簽好了。」

「我才剛通知高先生，請他來補簽文件，妳來得正好，那就一起處理。」

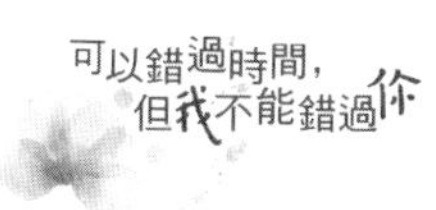


「好。」

於是我和高樂群像是要離婚分財產的夫妻，只不過大多數時候都是他在跟律師談，我在旁邊聽，他和律師來來回回地協調給我的付款條件、錢要怎麼付，從他的語氣聽來，他好像有些財務困難。

「如果你改變心意，不要房子了，我可以要。」我第一次開口。

他看了我一眼，片刻才說：「好，我不要了。」現在趙怡可不嫁他了，她父母應該也不會投資他了，他沒必要再背著一個趙怡可喜歡的房子的房貸，那個房子對他來說沒有任何意義。

當初我投資他的建築師事務所的錢，可以抵掉他支付的頭期款和房屋貸款，我只需要再付他一些就可以，另外，當初貸款的人是他，我只是連帶保證人，也得要把貸款人換成是我。

把一切談定，馬上簽完所有文件，律師告訴我們，會在今天送件跑流程，盡快完成所有的手續，我謝謝律師後，準備起身走人。

離去前，換我告訴高樂群，「我希望你可以快點搬走，對了，客廳的沙發還有房間的床墊，麻煩你請人一起搬走。」

說完，我就大步離開，高樂群追了上來，攔在我面前，「妳是不是高興了？」

「滿高興的啊。」我以為是我繞了一圈，最後失去房子，但沒想到繞了一圈的人是他，而且他還失去更多。

「妳就是故意來我公司，故意讓怡可知道這件事，妳就是想要報復我！」

「你是什麼時候變得這麼憤世嫉俗的？你以前不是這樣的人啊！」我真心覺得感嘆，非常感嘆。

「妳懂什麼？妳每天就窩在那間花店，妳懂這世界有多競爭嗎？妳知道要談成一個案子得花多少心力嗎？所有人都等著檢視妳的心情，妳懂嗎？妳根本不懂！」

「我是真的不懂，我沒有你的雄心壯志，所以我不懂，為了成功、為了出名，就可以把偷人家的設計視為理所當然嗎？樂群，我拜託你去看看十年前的自己，那時候的你就算還沒有功成名就，但你沒有對不起你自己！」

「這就是為什麼我不愛妳了，因為妳的格局太小。」他不屑地看著我。

「隨便，反正都分手了。」我要走人，他又緊抓著我的手，憤恨地說：「告訴妳未婚夫，我高樂群絕對不會輸！Square我一定要讓它倒！」

他說完狠狠推了我一把，我差點摔在地上，還好扶住了牆。看著他的背影，我沒有

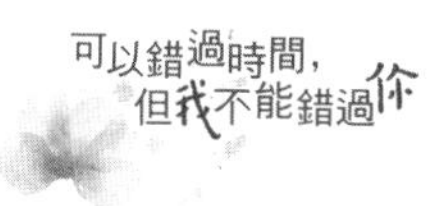


氣他，只覺得他好可憐，因為接下來輸的人絕對是他，如果他繼續用這樣的心態面對一切，他輸的不會只有一場訴訟，而是他整個人生。

就像對待一個路人一樣，你並不會特別祝福他，但你也不會特別恨他，我只希望他跟我擦肩而過的同時，好好活著，對得起還留在他身邊的人就好。

離開律師事務所，我迫不及待地打電話給卓元方。

「我拿回房子了。」

「真的假的？」他的聲音透著驚訝，但更多的是驚喜，我把剛剛的事好好地說了一次給他聽，只略過了高樂群最後那番話不提。

「他肯定嘔死。」他笑著說。

「不知道，反正事情都講好之後，他就走了。」

「恭喜妳，真的非常的恭喜妳。」我聽出他比我更開心激動。

「你還在家？」我問。

「沒有，要從 Square 過去店裡了。」

「好，那我先回花店了。」

然後我們同時說了一句「晚上見」。

好心情的我掛掉電話，攔了計程車，準備前往花店時，妙妙打來，「巧漫姊，我在醫院。」

「怎麼了？」

「我爸剛剛跌倒，我得帶他去看醫生。」

「還好嗎？」

「沒事，但我今天可能來不及去咖啡店布置桌花。」

「好，我處理就好，妳先好好照顧叔叔，如果有需要，妳今天就休假。」

「巧漫姊……」妙妙的聲音像是要哭了一樣。

「不准哭！」我說，她馬上收起哭音，堅強地跟我說了聲再見後，便掛掉電話。

我先趕到花店裡，把花市載來的花整理一下，除非有大訂單，才會特別加訂，不然每天訂購的數量和花種都是差不多的。偶爾季節不同，會有不同花種，和店裡長期合作的廠商都會特別打來問我要不要，又或者是有新的花種，也會問我要不要去看看，當然有時候是我自己去花市尋寶，樂趣更多。

都整理好後，我挑了些花，畢竟桌花昨天才換過，除了靠窗的位置可能需要替換，其他部分，今天再撐一天是可以的。接著我把昨天沒畫完的設計圖做最後收尾後，就準備出發去咖啡店。

結果我到了咖啡店，卓元方卻還沒有來，我想他應該還在路上，於是我把靠窗的花換掉，再整理整理各桌的桌花，見它們都還算健康，就覺得滿足。我再換掉櫃檯上的文心蘭，今天心情正好，不妨來點豐富的？我插上了牡丹菊、康乃馨、伯利恆、唐棉，花色有綠、有白、有黃、有藍。

「也太漂亮了吧！我喜歡這個綠綠圓圓的，是什麼啊？」小杰在我身後驚呼，我笑著說：「這叫唐棉，又稱綠色汽球、汽球果，上面這裡刺刺的像釘子，所以也有人叫它釘頭果，但我最喜歡它的英文名 Club Fruit。」

「呃，我英文不好，但它真的好可愛。」小杰有些不好意思地笑，然後繼續說著，「大嫂，我晚上想帶女朋友去吃飯，那個……」

「剩下的花，幫你做成一束好嗎？」我懂他的意思。

「可以嗎？」

「可以，剩下的花材，我不會算你方哥的費用，當我贊助你行吧？」

「大嫂妳是天使，妳知道妳現在身後有光嗎？」

「我知道啊，因為太陽照得我好熱！」我說。兩人大笑不已，直到小杰被客人喊去，我從櫃檯下拿出故障的紙袋，用剩下的花材幫小杰包裝一束花，正忙的時候，葦葦來電，我嚇了一跳，想起她說要去花店找我的事。

我趕緊接起，「葦，對不起，妳到了嗎？我還在客戶這裡，今天妙妙帶爸爸去看醫生，店還沒有開……」

葦葦哽咽著對我說：「漫，我現在要去找他。」

「妳哭了？妳要去找誰？」

「我要去拿回我的求婚戒指，我真的很想他。」我這才想起，葦葦說的他，是唯一讓她動搖，猶豫要不要結婚的男人。

「好，我支持妳。」

「他會原諒我的，對嗎？」

「如果他愛妳，一定會原諒妳啊！」

「漫，怎麼辦，我真的好緊張，我真的很怕，我之前讓他這麼傷心，他會不會不肯接受我了？我回來前打過幾次電話給他，但他都不接，不然就說在忙，他對我有點冷淡……」

所有男人都不是她的對手的吳家葦看來真的踢到鐵板了，她從不為男人哭，也不為男人困擾，這次出國這麼久，一定是心裡的結解了好久也解不開才會這樣，我笑著打斷她，「吳家葦！妳是吳家葦耶，妳要的男人哪有不束手就擒的？加油好嗎，妳一定可以！」

「真的嗎？」

「真的！」她說。

「好，那我要去了。」

「加油！」我很用力地說。

葦葦這才掛了電話，我可以感受到她的慌張，於是我追加傳了訊息給她，告訴她，我等她的好消息，按出傳送的同時，我看到葦葦的電話號碼，突然有種熟悉感，忘了曾在哪裡看到這串號碼，我還在抱頭苦思時，小杰打斷了我。

「我覺得我拿這束花跟女友求婚，就算不用下跪不用鑽戒都能成功。」我的思緒被小杰拉回，他抱著花，整個人開心得不得了。

「以女人的角度跟你說，不可能！」

小杰馬上苦著臉，「那我只能繼續存錢了。」接著外頭傳來郵差的喇叭聲，小杰對我說：「有掛號！大嫂，麻煩妳幫我拿一下印章，在下面櫃子裡，我剛才開了櫃子，還沒有上鎖。」

「好。」我找出印章遞給小杰，他急匆匆地跑出去接掛號。

然後我在抽屜裡看到了一個蝴蝶鑰匙圈，和我買給葦葦的一模一樣。我覺得好奇，這鑰匙圈很難買到啊，是誰跟我一樣這麼有眼光？我開心地拿起來端詳，然後在蝴蝶翅膀上看到了我的字跡，一個葦字，我心突然一涼，有種可怕的預感在我腦海中成形。

此時小杰剛好拿了掛號回來，要把印章給我。「大嫂，印章幫我放回去……大嫂！」小杰大聲地喊了我，我這才回神，接過印章，止不住顫抖地拿起鑰匙圈問小杰，「這是客人掉在這裡的嗎？」

「不是，那是方哥的。」

我再次從高處跌下，而這次底下沒有任何救生墊。

「我先去忙囉！謝謝大嫂的花！」小杰把花放好，轉身去忙。

我像是沉在水裡，小杰說的話，呼嚕呼嚕地從我耳邊閃過，我怔愣著把鑰匙和印章放回原位，心裡一直在想一件事。

為什麼卓元方會有葦葦家的鑰匙？意思是，他們……他們……

卓元方手機上的那串來電號碼在我腦海浮現，我茫茫然地拿起手機，點進葦葦的通訊錄。是同一個號碼。

我越想越不能呼吸，我覺得我需要離開，必須離開，而且是馬上，我快步走出櫃檯時，抬頭就見卓元方跨出計程車，正朝店內走來，我卻不知道該怎麼面對他。正當我躲到蛋糕櫃後頭時，瞥見另一台計程車，從上頭下來的是葦葦。

我聽不到外面的聲音，但我看到葦葦好似喊住了卓元方，卓元方回頭，兩人就在那面落地窗前，那片我說可以用花做成畫的那面綠牆前，像是男女主角重新相遇般，下一秒，葦葦衝向卓元方，抱住了他。

我瞬間撇過頭，我不敢看，我甚至不敢呼吸，我逃了，很狼狽地從後門逃了，我在大街上跑著，像是後頭有什麼洪水猛獸一樣，我衝進一個公園，差點撞上一個孩子，我被孩子的媽媽大罵，「跑什麼跑啊，撞到孩子，受傷了妳賠嗎？」

我連對不起都說不清楚，一直跑到沒人能看到的角落，才狠狠跌坐在長椅上，我的身體還在發抖，我沒有哭，我只是嚇到，因為這一切的巧合而驚懼不已，怎麼會是葦葦？怎麼會是卓元方？

我不停地深呼吸，想著要不要去喝酒？還是再去拿藥？直覺地想藉此躲過這一次的傷心，但我早上是怎麼跟怡可說的？我要這麼快打自己臉嗎？於是我直接起身，開始在公園裡跑步，穿著平底娃娃鞋，在公園裡不停地跑著，汗水流了下來，我仍在跑，跑到跌倒，還是站起來跑，跑到我全身無力，真的跑不下去的時候，我伸手招了計程車，回到大樓。

我決定離開，我不知道卓元方會給葦葦什麼答案，但在他們還沒有說清楚前，我覺得我不能住在他家。我一到家就飛快地收拾行李，雖然捨不得他為我布置的這個房間，但我必須離開這個他為葦葦買的房子和未來。

我走到他的房門前，隱隱猜到他不讓我進去的原因，但我還是打開門確認，直接映入眼簾的，就是他和葦葦深清凝望彼此的黑白復古風照片，占據了一整面牆，床頭放著那只我戴過半天的求婚戒指，他至今還保留著。我相信他曾經很愛很愛葦葦，而現在，我不敢確定。

我能確定的是，在他心裡，我沒有葦葦重要。

於是我關上了房門，我覺得這是我和卓元方的結局。

我深吸口氣，提著行李離開卓元方家。我一滴眼淚也沒有流，畢竟沒有擁有過，就不算失去，我要哭什麼？接著我搭車回到了花店，這次，我沒有打開 Airbnb，而是訂了車票，我想回家一趟，我好想我媽。

我想告訴她，我很勇敢，我這次都沒有哭。

接著，我好好地工作，接待所有來買花的客人，給他們一個真誠的微笑，謝謝他們給我錢付房貸。

將近打烊的時候，葦葦來了，我都還沒有做好任何心理準備，她直接給了我一個大大的擁抱。

「巧漫……」她的聲音有些哽咽，我聽不出來她是開心還是難過，這是我第一次無法伸手擁抱葦葦，我不是不愛她，她依然是我最好的朋友，但我卻總是想到她擁抱卓元方的畫面。

接著她放開我，舉起她的手，讓我看見她戴回手上的求婚戒指，「是不是很適合我？」

我覺得天地都在旋轉，「嗯。」

「妳不祝福我嗎？」

「當然祝福妳啊。」

「那為什麼妳的表情是這樣？妳怎麼了？一點興奮的感覺都沒有。」

「可能是我知道妳會成功。」

「真的嗎？」

「真的。」我說的是真的，我不覺得卓元方對我的心動會比葦葦多，或許那當下我們都有感覺，但從他留下的那面牆和眼前再次戴在葦葦手上的鑽戒，我想，在卓元方的心裡，葦葦還是占有好大的位置。他最愛的女人回來了，我又算什麼呢？

葦葦再次開心地緊抱住我，「走，妳打烊了，剛好幫我慶祝。」

「下次吧！我要回家。」

「回家？」

「回高雄？」

「嗯。」

「妳跟妳媽和好了？」

「嗯。」

「怎麼那麼突然啊？不管啦，妳今天陪我去慶祝，明天再回家，我跟李媽說一聲。」眼見她拿起電話就要打，我馬上制止，「妳別打，我還沒跟我媽說要回去，我想給她驚喜。」

「那就明天再回去啊，妳那麼久沒有看到我，都不會想我嗎？好啦，改一下票就好啦，我也可以跟妳一起回去啊。」

我看著葦葦乞求的臉，完全沒辦法拒絕她，而且，倘若我真的拒絕她，那會很怪，一向都是她說什麼，我從不會拒絕，所以我點了點頭。

她開心歡呼，於是半小時後，我們到麻辣火鍋店吃東西，這期間卓元方一直打電話來，我都沒有接，只是傾聽葦葦訴說她和卓元方相愛的過程。這期間，我根本吃不下，眼神也不時停留在手機上。

「怎麼不接？」葦葦說。

「不是什麼重要的電話。」

「都打成這樣了，還不是什麼重要電話？不然我幫妳接。」葦葦伸手要拿我的手機，我馬上搶了回來，「我自己接就好。」

我接通電話，「妳搞什麼鬼啊，為什麼都不接電話？都幾點了，還不回家是怎樣？我跟乾媽說啊！」難道他沒有發現我東西都拿走了？

「跟朋友吃飯。」

「妳今天不是有去咖啡店嗎？什麼時候走的？」在你抱著葦葦的時候。

「我留在那裡的設計圖你看了嗎？」

「看了，我很喜歡，就照上面的做。」

「好。」

「妳還要吃多久？」

「不知道。」

「有喝酒嗎？」

「沒有。」

「不要太晚，我請了工人，明天一早會來，可能會吵到妳睡覺。」

「知道了。」我說，接著我掛掉電話，抬頭就看到葦葦衝著我笑，「不是說不重要嗎？還講這麼久。」

我乾笑兩聲，幫她挾了塊豆腐，然後她說：「妳知道我男友……不能再一直說男友了，他叫作阿方，改天介紹你們認識，他居然為我買了妳以前住的那棟科技智慧大樓耶。」

沒誇張，我真的重重地鬆一口氣，還好我早一步回去收東西，不然被葦葦發現就慘了。

「說到這個，搞不好你們見過，他住三樓，妳不是住八樓嗎？」我真的很想結束話題，我不想騙葦葦，我不想說謊，但我也不想傷害她，「快吃，妳豆腐都涼了。」

「為什麼我覺得妳今天不想跟我說話？」

「哪有！」

她笑了笑，然後說：「我去廁所。幫我煮蛋餃。」

「好啦！」

葦葦離開，我才有辦法好好呼吸。既然卓元方選擇了葦葦，那希望葦葦不會知道我和他的事，這樣只會讓她心存芥蒂而已，感情裡，最好連陰影都不要有，尤其她還是我最好的朋友，我不是偉大，我只是想對得起自己。

她回座，問了我和高樂群的事。第一次覺得聊高樂群好開心，終於不用再聽到卓元方的事，於是我很誠實地說了關於高樂群的事，包括後續發展。

「所以妳可以搬回去了嗎？」

「不確定，要等他搬走。」

「那我們以後就是鄰居了。」她開心笑著。

我心又一抽，怎麼繞啊繞的，就是繞不出卓元方的迴圈？

「反正以後都會碰面，那正好可以認識一下。」

「什麼意思？」

「我叫阿方來了！」葦葦一說完，我頓時覺得自己根本摔進地獄。我不想待著，我要走，我真的要走，我才想要找藉口離開時，葦葦開心喊著：「他來了！阿方，我在這裡。」

然後卓元方就拖著他的腳從我後頭走來，葦葦開心地介紹我，「這是我這輩子最好的姊妹，巧漫！這是我最愛的人，阿方！」

我們兩個對看了一眼，他傻眼，但我沒有，我只是很尷尬地說了聲，「嗨。」

葦葦拉著卓元方坐到她身旁，見卓元方猛盯著我看，葦葦好奇問：「怎麼啦？你們認識？」

「不認識。」我馬上說。卓元方看著我，不發一語，眼神流露著我從沒看過的冷淡。

「看起來還以為你們認識。」葦葦笑著幫卓元方挾菜。

我低頭吃東西，不想看他們，也不想講話。

「巧漫，妳知道阿方多好笑，他為了救一個喝醉酒的女生，結果被校車撞到，腳到現在還沒有好。」

我抬頭尷尬笑笑，就見卓元方吃著東西，也不看我，一頓飯吃到我都要吐了，而卓元方始終保持沉默，席間就葦葦說的最多。我覺得氣氛很尷尬，但葦葦不這麼認為，她還是好開心地聊著，我覺得讓無辜的她來面對我的情緒，是不對的。

我只能強迫自己努力搭腔，這真的比走出失去高樂群的痛苦還要難，最後，解散的時候，葦葦問我，「那妳現在住哪裡？」

我下意識地看了卓元方一眼，但他沒看我，「我住朋友那裡，我自己回去就可以了，晚安。」

我抓準計程車經過的時機，快速地衝上前一攔，不敢多看卓元方和葦葦，只叫司機快開車，「妳總得跟我說妳要去哪裡啊？」司機超不耐煩的。

我想都沒想地說：「台北轉運站。」

於是，半小時後，我坐在了客運上，往回家的方向，然後卓元方打給我，我不敢接，我真的很害怕聽到他的聲音，擔心我會不顧一切地說：「你不要和葦葦和好，你要跟我在一起，我不管，我太喜歡你了。」

所以我真的不敢接，我只能傳訊息給他，「怎麼了？」

「妳東西都搬走了，是什麼意思？」

「葦葦回來了，我繼續住你家會不方便。」

我傳完後，卓元方像是消失了一樣，我就這樣一直拿起手機看著，看完又放下，二十分鐘後，他傳了一句，「這就是妳的答案？妳沒有什麼要跟我說的？」

我掙扎了好久，在對話框裡打上「我喜歡你」四個字，但腦中又浮現葦葦笑著向我展示求婚戒指的畫面，我深吸了口氣，回傳，「沒有。」

這一次，我等了更久，才等到他的下一句。

「好，再見。」他說。

這一刻，我的眼淚才真的掉了下來，我用外套蒙住自己的頭，在車上狠狠地哭了五分鐘，突然腿上的手機又震動了一下，我以為有了什麼轉機、奇蹟，電視上都是這樣演的啊！

但我拿起手機，是妙妙傳來的，「巧漫姊，剛剛方哥傳訊息來說，咖啡店花藝設計的部分，窗口交給小杰，就按照妳的設計圖完成，所以我之後請款什麼的，都是找小杰了嗎？」

我擦乾眼淚，回覆妙妙，「嗯。」

我想起我關上卓元方房門的時候。這一刻，是卓元方把我關在了他的世界之外，我很想哭，但我沒有落淚，我跟妙妙說我回家幾天，店裡的事情交給她，咖啡店外頭的草皮和綠牆，我會找廠商來施工，到時再麻煩她去監工。

「妳不會是跟方哥吵架了吧？」

「沒有，有什麼好吵的。」我們又沒有什麼關係。

當我終於回到家，天都快亮了，我媽正要去果園，看到我回來，居然嚇到哭了，但我沒有力氣安慰她，「媽，我坐夜車，超想睡的，妳讓我睡一下，晚上再說。」

我回到我八年未歸的小閣樓，房間裡沒有半點灰塵，我很放心地躺了下去，然後就這麼睡了一天一夜。

醒來的時候，大家正在吃早餐。

「奶奶，姨起來了，她沒死。」

我媽看了我一眼，「還好起來了，不然我要報警了。」

我笑著入座，如晚幫我盛了碗海鮮粥，用口語問我，「沒事吧？」我點點頭，然後吃了三碗海鮮粥。一片恍惚中，突然聽到安安對我媽說：「奶奶，我們跟叔叔視訊好不好？我昨天沒看到他，我想他。」

我差點被花枝噎死，只得快速地吞下最後一口，然後逃回房間。沒多久，如晚跟了上來，「妳幹嘛？為什麼聽到要打給阿方就一臉心虛？妳是不是和他吵架才回來的？」

「沒有吵架。」

「不可能。」

「真的沒有！」

「說實話！」如晚用她訓斥安安的口吻命令，於是我把來龍去脈好好地說了一次。我自己也很想說啦，再不說，我想念他的心情都要爆炸了。

但如晚卻跟我說：「妳應該要爭取的。」

「我覺得這樣對葦葦很不道德。」

「是她自己先放棄的。」

我嘆了口氣，「不是有句話說，是你的就會是你的嗎？我不想強求。」

「但妳有告訴那個人，妳希望他是妳的嗎？他充分理解，跟妳在一起，也是另一種幸福的選項嗎？巧漫，妳成全了妳的好友，但我覺得妳對阿方有點不公平，我無法評斷他對妳的好是哪一種感情，妳得自己去問他，真的不行，再當回朋友有什麼關係？」

「但妳知道，自己去跟好朋友的男人告白，我覺得我會下地獄。」

「妳現在跟在地獄裡有什麼差別？別傻了，人都是自私的，不然妳朋友也不會這樣丟了又撿，撿了又丟，不就是覺得選來選去，還是阿方最好嗎？」

「如晚，妳別這麼說她，她真的是很好的人。」

「我相信，所以妳才會跟她當了這麼久的朋友，但是巧漫，沒有人是完美的，每個人都注定在某個地方有些瑕疵，我只想勸妳，為自己爭取一次。就這樣，妳不想，我也不能勉強妳。」

如晚說完下樓，我也沒有心情繼續關在閣樓裡，便到果園裡頭閒晃，不意撞見我三叔那對兒女也在幫我媽，甚至很熱情地招呼我，我真的是嚇得腿都要軟了。

見他們好聲好氣，我也不好意思太凶，稍微聊了之後才知道，我媽前年見他們還是沒工作，就跟他們說，如果要吃飯就來幫忙，兩人才開始做，做久了有興趣，拿出所學，開始做些改良，反正他們說的很專業，我聽不懂。

總之就是他們現在跟我媽一起賣番茄，還架了網站，生意很好就是了，而上個月他們把三叔帶回家照顧，請了個叫阿嬌的越南看護，他們對阿嬌很好，當然對我媽更好。不一樣了，一切都不一樣了。

我坐在田邊欣賞夕陽，想著卓元方，看著他傳給我的訊息，他問我，「妳沒有什麼話要對我說嗎？」這是不是表示，他也在等我說什麼？我可以說嗎？真的可以嗎？

我想起卓元方的每一次溫柔，直接的、歪的、隱藏的、各式各樣的，我覺得如晚說的沒錯，如果錯過卓元方，我肯定會後悔，就算他不愛我，但有些話不說，這輩子就沒機會說了。

我下了決心，幾乎是用跑的跑回家，我要去找卓元方，但我跑到一半的時候，發現我第一個該對話的人不是卓元方，而是葦葦。

於是我又跑了起來，打算回台北找葦葦，不料一到家卻發現，呃……她居然在我家，一臉不悅地看著我，我沒辦法想太多，我想的都是我想說的那些話，於是我在大家的注視下走向前去，直接對葦葦說：「我有話跟妳說。」然後如晚很幫忙地帶著我媽和安安出去散步。

客廳裡，只有我跟她。

「想說了？」她問。

我一愣，「妳知道我要說什麼？」

葦葦把手上的紙袋丟到我面前，我翻開一看，是一件T恤，有一次我和葦葦去泰國玩，在路邊看見一個攤販，他們可以把人臉畫在T恤上。於是我和葦葦各訂製了一件，把彼此穿在身上。難道我把衣服留在卓元方家，忘了帶走？我當場倒抽一口冷氣。

我還在思索，葦葦就給了我一巴掌。

我說出所有被誤會的人的第一句台詞，「事情不是妳想的那樣。」但葦葦不想聽，抓了我的手，也給她自己一巴掌。我真的是嚇死了，急忙抽回我的手。

「妳在幹嘛？」

「我這個朋友是不是很失敗？」

「當然不是，對不起，我不想瞞妳……」

「妳就是瞞我！我在麻辣火鍋店已經給妳一次機會了，但妳還是不肯說？」

麻辣火鍋店給我機會？那表示葦葦在更早之前就知道了？我抬頭看她，她似乎知道我的疑惑，然後一句一句說給我聽，「我去咖啡店找阿方的時候，妳有看到對吧？妳是那時候才知道阿方是我的前男友對吧？因為我打給妳的時候，妳對我說了加油，我聽得出來，當時的妳真心真意，而且是開心的！」

我沒有說話，葦葦繼續說著，「妳說住在朋友家，就是阿方家吧？我後來和阿方去他家的時候，就看到這件衣服，妳是不是收得太快，所以才沒有注意到，還是妳故意把這件衣服留下來，想告訴我，妳和阿方同居了快兩個月？」

「不是這樣！」

「妳敢不敢承認，妳早就愛上阿方了？」

我沒有說話，葦葦又朝著我吼：「妳說啊！妳敢不敢承認！」

我看著葦葦，眼淚掉了下來，「我承認，我是愛上他了，但那不重要，他是妳的，妳的手上戴著他的求婚戒指，妳還要我說什麼？」

葦葦把求婚戒指摘下，丟到外頭去，我傻眼，「妳幹嘛啊！妳不是好不容易想清楚，這才回來找卓元方的嗎？」我衝出去，想要幫她找回戒指，她突然從身後抱住我，「別找了，巧漫，妳現在該找的人是阿方。」

我真的覺得很混亂，現在到底是怎樣？

葦葦把我轉向她，「阿方不愛我了，可能在妳愛上他的時候，他也愛上妳了，所以他不愛我了，他對我說，他心裡有了別人，他說和那個女孩子在一起，很舒服、很自然，可以做他自己，他可以不用討好我，不用為了我的不婚，強壓自己想婚的念頭，我哭著求他，說我可以改，但他不要我改，因為當初吸引他的，是那個驕傲的我，但是戀愛和生活不一樣，他想要生活，期盼擁有一段可以好好生活的感情。我真的很氣那個女人，憑什麼搶走他。」

所以那個人是我？

葦葦哭著說：「所以我很不要臉地說，我想要回那枚戒指，他說好，因為他不知道怎麼處理，然後我就去他家了，我看到了那個房間，我真的好後悔，但來不及了，他說明天要請工人來拆掉了，他不想那個女人看到會難過，我問了他認識那個女人的經過，比對妳跟我說的一切，我直覺那就是妳，就是妳！後來我要走的時候，經過客房，就看到這件衣服，對，真的是妳。」

「對不起，我有想過跟妳說實話……」

「但妳說不出口，尤其在我故意讓妳以為我和阿方復合了，妳就決定瞞到底，甚至回來高雄？」

「妳故意？為什麼要這樣？」

「因為那一瞬間，我就是忌妒妳，我第一次這麼忌妒妳，妳從麻辣火鍋店離開的時候，我和阿方吵了一架，他叫我不要怪妳，因為妳真的什麼都不知道，我更討厭妳了，可是巧漫，我們是最好的朋友啊，我怎麼會討厭妳？」

我上前抱住了葦葦，「妳可以討厭我，真的可以，我不怪妳，因為如果我是妳，也會恨自己的！」

葦葦也哭著抱住我，「可是不行啊，我們是姊妹、是最好的朋友，我真的討厭不了妳，最後我就討厭我自己了，我氣我的小氣、氣我的不理智，想到我不要臉地在妳面前炫耀鑽戒，我就覺得自己真的可以去死，我們陪彼此走過多少痛苦啊，我們不是最不能接受別人欺負對方的嗎？怎麼可以變成我欺負妳！對不起、對不起！那時候我真的瘋了……」

「妳別這樣，真的，我也有錯！我如果坦誠一點，妳就不會難過這麼久了，對不起！」

兩個人就抱著對方，一直哭、一直說對不起。

然後我突然聽到一道熟悉的聲音。

「是哭完了沒？」我轉頭，就見卓元方站在那裡，我媽、如晚和安安也在一旁看兩個瘋女人抱頭大哭。

我尷尬地擦掉眼淚，然後葦葦很不客氣地對卓元方說：「還敢嫌我們愛哭，要不是我去找你來，你聽得到巧漫的真心話嗎？」

「這點我倒是真的很感謝妳。」

我頓時什麼感動都沒有了，「什麼意思？你和葦葦聯合設計我嗎？」

卓元方還沒有開口，葦葦就先喊冤，「李巧漫，妳這麼說，我真的會賞妳一巴掌喔，我剛剛說的都是真心話，是我覺得要跟妳說清楚，所以我去找阿方，問他要不要聽妳的真心話，他才跟我來的。」

「那還是設計啊！」

「不行喔！」卓元方沒好氣地來到我面前，「不然妳會說嗎？」

「會啊！我本來要回台北了好嗎？是你先來了，是葦葦先找我說話了，我才講出來的，不然我真的要衝去找你，跟你說我很喜歡你……」

我還沒有說完，就被卓元方拉進懷裡吻住，我瞬間融化，正打算好好享受的時候，如晚突然說：「乾媽，他們這樣算不算亂倫？」

我馬上推開卓元方，他笑笑地看著我，很溫暖那種，然後卓元方牽著我，喊我媽，「媽，從今天開始，我不是妳乾兒子了，我是半子。」

我媽笑笑，拉著卓元方說：「來，進來談聘金怎麼算。」卓元方就被我媽拖了進去。

葦葦上前擁抱我，「我好開心。」

我也是。

還好，這次，我沒有錯過他。

我走進客廳，他就坐在沙發上，對我伸出手。我朝他走過去，也伸出了我的手。我們就這樣雙手緊握，相依相偎。

這一天，我家好熱鬧，一直一直傳出笑聲。

哭完了，總是會笑的。

【完】

〔後記〕

# 然後，都會好的

有時候，你就是很想忘了這一切。

人生的各種不如意，如果有顆藥吃下去，什麼都可以忘記那該有多好。

我那時候就是這樣想的，所以吃了一陣子安眠藥，你不在乎它有多傷身體，因為此時此刻，你最傷的是心，你不在乎自己到底能不能好好活下去，你只希望自己別再痛下去。

就是一種逃避，跟喝酒一樣。

但你的人生不可能永遠都在醉，醒來，現實就在眼前，我們每一分每一秒都有兩個選擇，面對跟不想面對，但其實到最後，你會發現，老天爺根本沒有讓你選擇，最後你終究得要站到問題前面。

人生的問題，只有自己能填答案。

什麼都不用想的感覺好像很好，你知道你每天要做的事，就是睡覺，期待一覺醒來，什麼都會不一樣了，但結果其實什麼都沒變，醒來後，你還是同樣被拋棄，生活還是一堆鳥事，工作還是一樣不順利，同事怎麼還是那麼煩、嘴那麼賤、自己的工作死不做！

然後你會轉頭望天，我這麼努力，到底是為了什麼？

為了賺錢？但轉頭看到存摺上的數字更加絕望。為了戀愛？但來來去去，最後誰在你身邊？為了夢想，別傻了，一無所有的人，跟人家作什麼夢？

接著落下兩行清淚，覺得生活好煩。

下一秒，朋友問你要不要去大吃一頓，再丟了一張關島的落日照，你覺得好美，想著是不是該去坐在海灘上好好看一次美景，又忍不住想到，自己一直很想去看的極光，你就又莫名覺得，人生好像可以再過過看。

或許，生活就是每天都在厭世和醒世之間徘徊。

無論如何，能夠好好地感受這一切歡喜哀傷，還是幸福的吧！我也不知道自己在說什麼，就是很想告訴大家，其實大家的生活都差不多，都有大好大壞，也有大起大落，談了很久或很短的戀愛，傷了同樣的心。

但，也有一天，同樣會好的。

雪倫

國家圖書館出版品預行編目資料

可以錯過時間，但我不能錯過你／雪倫 著. -- 初版. --
臺北市：商周, 城邦文化出版：家庭傳媒城邦分公司發行
民108.05
面： 公分. --（網路小說；284）
ISBN 978-986-477-661-0（平裝）
857.7 108006304

# 可以錯過時間，但我不能錯過你

作　　者／雪倫
企畫選書人／陳思帆
責任編輯／陳思帆、楊如玉

版　　權／黃淑敏、翁靜如
行銷業務／莊英傑、李衍逸、黃崇華
總 經 理／彭之琬
事業群總經理／黃淑貞
發 行 人／何飛鵬
法律顧問／元禾法律事務所 王子文律師
出　　版／商周出版
城邦文化事業股份有限公司
台北市民生東路二段 141 號 9 樓
電話：(02) 25007008　傳真：(02) 25007759
Blog：http://bwp25007008.pixnet.net/blog
E-mail：bwp.service@cite.com.tw
發　　行／英屬蓋曼群島商家庭傳媒股份有限公司城邦分公司
台北市民生東路二段 141 號 2 樓
書虫客服服務專線：(02) 25007718、(02) 25007719
服務時間：週一至週五上午09:30-12:00；下午13:30-17:00
24 小時傳真專線：(02) 25001990、(02) 25001991
劃撥帳號：19863813；戶名：書虫股份有限公司
讀者服務信箱：service@readingclub.com.tw
城邦讀書花園：www.cite.com.tw
香港發行所／城邦（香港）出版集團有限公司
香港灣仔駱克道193號東超商業中心1樓
E-mail：hkcite@biznetvigator.com
電話：(852)25086231　傳真：(852) 25789337
馬新發行所／城邦（馬新）出版集團【Cité (M) Sdn. Bhd.】
41, Jalan Radin Anum, Bandar Baru Sri Petaling,
57000 Kuala Lumpur, Malaysia.
Tel: (603) 90578822　Fax:(603) 90576622
email:cite@cite.com.my

封面設計／山今伴頁
版型設計／鍾瑩芳
排　　版／新鑫電腦排版工作室
印　　刷／高典印刷有限公司
總 經 銷／聯合發行股份有限公司
電話：(02) 2917-8022　傳真：(02) 2911-0053
地址：新北市231新店區寶橋路235巷6弄6號2樓

■ 2019年（民108）5月初版1刷
■ 2021年（民110）4月14日初版3.4刷
Printed in Taiwan

**定價260元**

城邦讀書花園 www.cite.com.tw

 ISBN 978-986-477-661-0

| 廣　告　回 |
|---|
| 北區郵政管理登記 |
| 台北廣字第000791 |
| 郵資已付，免貼郵 |

104台北市民生東路二段141號2樓

**英屬蓋曼群島商家庭傳媒股份有限公司　城邦分公司**

請沿虛線對摺，謝謝！

**書號：**BX4284　**書名：**可以錯過時間，但我不能錯過你　**編碼：**

請於此處用膠水黏貼

# 讀者回函卡

感謝您購買我們出版的書籍！請費心填寫此回函卡，我們將不定期寄上城邦集團最新的出版訊息。

不定期好禮相贈！
立即加入：商周出版
Facebook 粉絲團

姓名：＿＿＿＿＿＿＿＿ 性別：□男 □女

生日：西元＿＿＿＿年＿＿＿＿月＿＿＿＿日

地址：＿＿＿＿＿＿＿＿

聯絡電話：＿＿＿＿＿＿＿＿ 傳真：＿＿＿＿＿＿＿＿

E-mail ：

學歷：□ 1. 小學 □ 2. 國中 □ 3. 高中 □ 4. 大學 □ 5. 研究所以上

職業：□ 1. 學生 □ 2. 軍公教 □ 3. 服務 □ 4. 金融 □ 5. 製造 □ 6. 資訊
□ 7. 傳播 □ 8. 自由業 □ 9. 農漁牧 □ 10. 家管 □ 11. 退休
□ 12. 其他＿＿＿＿＿＿＿＿

您從何種方式得知本書消息？

□ 1. 書店 □ 2. 網路 □ 3. 報紙 □ 4. 雜誌 □ 5. 廣播 □ 6. 電視
□ 7. 親友推薦 □ 8. 其他＿＿＿＿＿＿＿＿

您通常以何種方式購書？

□ 1. 書店 □ 2. 網路 □ 3. 傳真訂購 □ 4. 郵局劃撥 □ 5. 其他＿＿＿＿

您喜歡閱讀那些類別的書籍？

□ 1. 財經商業 □ 2. 自然科學 □ 3. 歷史 □ 4. 法律 □ 5. 文學
□ 6. 休閒旅遊 □ 7. 小說 □ 8. 人物傳記 □ 9. 生活、勵志 □ 10. 其他

對我們的建議：＿＿＿＿＿＿＿＿

【為提供訂購、行銷、客戶管理或其他合於營業登記項目或章程所定業務之目的，城邦出版人集團（即英屬蓋曼群島商家庭傳媒（股）公司城邦分公司、城邦文化事業（股）公司），於本集團之營運期間及地區內，將以電郵、傳真、電話、簡訊、郵寄或其他公告方式利用您提供之資料（資料類別：C001、C002、C003、C011 等）。利用對象除本集團外，亦可能包括相關服務的協力機構。如您有依個資法第三條或其他需服務之處，得致電本公司客服中心電話 02-25007718 請求協助。相關資料如為非必要項目，不提供亦不影響您的權益。】

1.C001 辨識個人者：如消費者之姓名、地址、電話、電子郵件等資訊。
2.C002 辨識財務者：如信用卡或轉帳帳戶資訊。
3.C003 政府資料中之辨識者：如身分證字號或護照號碼（外國人）。
4.C011 個人描述：如性別、國籍、出生年月日。

請於此處用膠水黏貼